智慧公主马小岚纯美爱藏本22

公主的挑战
gongzhu de tiaozhan

马翠萝 著

化学工业出版社
·北京·

原版书名：公主传奇　公主的挑战　原版作者：马翠萝

本书为新雅文化事业有限公司授权化学工业出版社有限公司在中国内地出版中文简体字版本，仅限于在中国内地（不包括香港、澳门及台湾）发行销售。

未经许可，不得以任何方式复制或抄袭本书中的任何部分，违者必究。

北京市版权局著作权合同登记号：01-2021-1862

图书在版编目(CIP)数据

公主的挑战 / 马翠萝著．— 北京：化学工业出版社，2021.11（2024.9重印）
（智慧公主马小岚纯美爱藏本；22）
ISBN 978-7-122-39978-6

Ⅰ．①公… Ⅱ．①马… Ⅲ．①儿童故事-中国-当代 Ⅳ．
①I287.5

中国版本图书馆 CIP 数据核字（2021）第 198911 号

责任编辑：张素芳　　　　　　　　　　美术编辑：关　飞
责任校对：宋　夏　　　　　　　　　　装帧设计：进　子

出版发行：化学工业出版社（北京市东城区青年湖南街 13 号　邮政编码 100011）
印　　装：涿州市般润文化传播有限公司
880mm×1230mm　1/32　印张 7　字数 150 千字　2024 年 9 月北京第 1 版第 2 次印刷

购书咨询：010-64518888　　　　　　　售后服务：010-64518899
网　　址：http://www.cip.com.cn
凡购买本书，如有缺损质量问题，本社销售中心负责调换。

定　　价：25.00 元　　　　　　　　　　　　　　版权所有　违者必究

目录

1　出事了，出大事了　　001

2　五岁的"小贼"　　008

3　晓星的提醒　　015

4　大魔术师马小岚　　027

5　蟋蟀的美声唱法　　039

6　不怀好意的漂亮姐姐　　047

7　拉希公主　　055

8　因为我是马小岚　　066

9	古代留传下来的墨	075
10	画中有画	084
11	我是个天才宝宝	095
12	古董花瓶里的简体字	105
13	话说翡翠	115
14	选了一块"大石鼓"	123
15	买一百个汉堡包	131
16	幸福翡翠	141

17	女儿的确值得夸	153
18	小岚你是我的大菠萝	161
19	难为了小岚	170
20	有人打劫	180
21	姐姐保护你	188
22	变只老虎咬劫匪	199
23	国王的礼物	211

周晓星

周晓晴的弟弟,一个风趣幽默的淘气精,不时有天马行空的奇怪想法。

马小岚

来自香港的乌莎努尔公主,聪明美丽、正直善良。敢于向困难挑战,最喜欢说的话是"天下事难不倒马小岚"。

万卡

乌莎努尔公国第十九任国王,风度翩翩、英勇果敢。是国民眼中的好君王,小岚和晓晴、晓星心目中的暖心大哥哥。

周晓晴

马小岚的好朋友,漂亮活泼,喜欢打扮,最常做的事是和弟弟斗气。

出事了,出大事了

"爸爸妈妈,我回来了!"马小岚把钥匙往桌子上一扔,就嚷嚷起来。

爸爸妈妈早前出差,昨天刚回香港;小岚呢,也因为暑假期间,和晓晴、晓星一起参加了"红十字会爱心大使"的活动,去了刚果民主共和国,探访那里的孩子。所以,暑假已经过去大半了,才回香港和爸爸妈妈团聚。

客厅里没有人。

"咦,爸爸妈妈去哪了?不在家?"小岚很奇怪。

以往,要是知道小岚回来,爸爸妈妈即使有天大的

事,也都尽量不出门,准备一桌小岚喜欢吃的菜,然后支起耳朵听着大门的动静,一听到门口有什么风吹草动,两人就赶紧去打开门,希望早点见到宝贝女儿,把她抱在怀里好好亲亲。

可今天……

小岚沿着那道弯弯的楼梯上了二楼,往左边一拐,去了爸爸的书房。

门是虚掩着的。小岚轻轻推开门,赫然见到爸爸妈妈面对面坐着,在商量着什么,两人脸上是从没有过的凝重。

"爸爸!妈妈!"小岚喊了一声。

"小岚!"爸爸妈妈同时站了起来,脸上的沉重一扫而光,瞬间换上了欢喜。

"小岚,乖女儿,你回来了!"

爸爸妈妈同时扑向女儿,但妈妈却抢先把小岚搂住了。迟了半秒的爸爸伸出双手,干脆把两人全搂在怀里。

"瘦了,瘦了,脸都尖了。最近一定又没有好好吃饭,这孩子,真是不让人省心。"妈妈赵敏摸着小岚尖尖

的瓜子脸，慈爱地说。

"没有啦，我每天的食谱都是万卡哥哥指定的营养师给制定的，不用担心没有吃好。人家只是天生锥子脸而已，现在以锥子脸为美呢，那些女明星千方百计都要弄成这样。"

"哈哈哈，老婆你看，我们女儿长大了，知道爱美了！"爸爸马仲元笑着说。

赵敏捏了捏小岚精致的小鼻子，一脸骄傲："我们女儿本来就美。"

小岚把脑袋埋在妈妈怀里，撒娇说："爸爸妈妈，你们坏，笑人家！"

"噢噢噢，不笑，不笑，我们不笑乖女儿！"赵敏用手轻轻拍着小岚的臂膀，一脸的慈爱。

小岚想起刚才爸爸妈妈沉重的脸色，问道："爸爸妈妈，你们是不是遇到了什么为难事？"

"没事没事，你别瞎操心。"马仲元拉着小岚的手，"我们下楼做饭去！今天一大早，你妈就拉着我等在超市门口，等到七点钟一开门，就进去买了很多食材，她准备

大显身手,做你爱吃的菜呢!"

"好啊好啊,我们一块儿做,我负责择菜、洗菜。"小岚兴致勃勃地说。

赵敏说:"不用了,你进厨房只会添乱。东西我们已洗好剁好,只等下锅炒就行。你快去洗澡,洗好了,就可以吃饭了。"

"好!"小岚蹦蹦跳跳跑回了自己房间。

别看赵敏是大知识分子,著名学者,一天到晚忙于事业,但厨艺不比那些天天待在厨房烧菜做饭的家庭主妇差。当小岚洗得香喷喷走出浴室时,她已经闻到一屋子的香气了。

"开饭喽!"爸爸一手端着一碟可乐鸡翅,一手端着一碟酱爆大虾,从厨房走出来。

"我来帮忙!"小岚跑进厨房,端出来一碟焖鹅掌,一碟炒蟹,"哇,全是我喜欢的!谢谢厨师妈妈!"

一家人其乐融融,共进午餐。看着女儿大口大口地吃菜,夫妇俩都很开心,争着给女儿夹菜,小岚的饭碗顿时堆得像小山一样。

出事了，出大事了

吃完饭后，一家人又齐心合力，洗碗扫地，一切收拾好后，马仲元沏了一壶香茶，一家人坐下来品茶，赵敏还拿了一小碟桂花糕，给小岚做饭后甜点。

小岚端起茶杯，喝了一口，只觉得满口甘香："爸爸，这是什么茶？好香啊！"

马仲元说："这是'庐山云雾'，产于中国江西庐山。这种茶香浓味甘、汤色清澈，是绿茶中的精品，是中国十大名茶中的一种。"

小岚点点头，又端起茶杯，慢慢品尝起来。

小岚突然想起之前爸爸妈妈那一脸的沉重，便放下杯子，问道："爸爸妈妈，你们是不是碰到什么难办的事情了？"

马仲元和赵敏互相看了看，心想还是瞒不过聪明的女儿。

马仲元说："大人的事由大人解决，你就别操心了。不过，下午我们就不能陪你了，博物馆有重要事情要解决，你就找晓晴和晓星到处玩玩。"

赵敏说："听说迪士尼增加了一些新项目，你们可以

去逛逛。"

"行啦,你们不用管我,忙你们的好了。我本来就在香港长大,什么好玩的地方不知道?"小岚忍不住继续追问,"是博物馆发生什么大事了吗?以前我回来,就是天塌下来你们也不管,都要请假陪我去玩的。俗话说'三个臭皮匠,赛过一个诸葛亮',我们三个人,不正好凑成诸葛亮了吗?我已经长大了,我也想替爸爸妈妈分担一下。"

马仲元看看赵敏,两人都是一脸的欣慰。我们的女儿真的长大了。

赵敏说:"好,那就让我们的'小诸葛亮'给我们出出主意。"

马仲元点点头,放下手中杯子,脸色变得严肃起来:"小岚,我们博物馆出事了,出大事了。"

小岚之前只是猜测而已,听到爸爸这样说,不由得担心起来。爸爸是香江博物馆馆长,博物馆出了事,他这个馆长责任最大。

"我们半个月前向国家博物馆借了四件珍贵文物,在

馆内展出,让香港市民开开眼界。没想到,就在今天早上,我们买菜刚回来时,接到了博物馆副馆长打来的电话,四件珍贵文物中的一件,不翼而飞了。"

"啊,那太糟糕了!"小岚吓了一跳。

珍贵文物,还是借的,那爸爸怎么向国家博物馆交代啊!

这事情不是一般的严重啊!

 ## 五岁的"小贼"

赵敏看了小岚一眼,见到她眉头紧蹙,小脸格外严肃,便伸手慈爱地摸了摸她的脸,轻声说:"别担心,爸爸妈妈会想办法处理好的。失踪的那件文物,叫绿玉青蛙,是四件文物中最重要的一件,当时国家博物馆是不想借出的,还是你爸爸亲自出面,保证完好无缺地归还,他们才答应借出,借条也是你爸爸亲自签名的。"

马仲元接着说:"绿玉青蛙由一块祖母绿玉石雕成。它出自清代康熙年间,是由当时一位著名工匠艺术大师所雕琢,造型生动,栩栩如生,乍看上去,仿佛真的是一只

五岁的"小贼"

有生命能呼吸的青蛙。这是那位工艺大师所有作品中最成功的一件。"

小岚有点奇怪,便问:"博物馆的展品,不是都会放在展柜里,被保安系统严密保护的吗?怎么会丢失呢?"

"唉……"马仲元叹了一口气,说,"博物馆的供电系统,在今天早上九点检修,展柜的保安系统曾经停电两分钟。"

"我明白了,那两分钟内,展柜的保安系统是处于无效状态,能被人轻易打开。"小岚点点头,但随即又问,"咦,博物馆不是十点半才开门的吗?九点钟时,馆内应该还没有人来参观,那盗走文物的,岂不是馆里的员工?"

马仲元端起杯子,呷了一口茶,又轻轻放下,他摇了摇头:"不。"

小岚很是困惑:"为什么?当时还没开馆,除了馆里的员工,怎么还会有其他人呢?"

"有。"赵敏说,"九点钟的时候,馆里还有来自朱朱国的客人。那是包括朱朱国国王和公主、王子在内的一

行人,他们本来是应香港政府邀请,来观看在香港举行的世界足球锦标赛的。国王除了是足球发烧友之外,还很热衷于中华文化研究,听说香江博物馆展出四件古董珍宝,所以临时想去参观欣赏一下。因为国王一行人行程太满,今天整天都有安排,所以接待部门就安排他们在开馆之前,即上午八点半来参观,然后才进行已安排好的行程。"

小岚若有所思:"哦,那就是说,有可能拿走绿玉青蛙的,除了博物馆员工,还有朱朱国的客人。有找到线索吗?"

"有。"马仲元点点头,"博物馆里的监视器,用的是另一个供电系统,所以监视器一直在工作。我和你妈妈接到电话之后,马上就赶回了博物馆,找到了那两分钟的录像片段。"

小岚眼睛一亮:"那太好了,看到作案过程没有?看到作案者的样子吗?"

马仲元点点头:"看到了,而且十分清晰。"

小岚跳了起来:"那还等什么?赶快抓人呀!"

五岁的"小贼"

马仲元和赵敏互相看了一眼,都不约而同地苦笑了一下。

"怎么啦?"小岚有点莫名其妙。

赵敏有点无奈:"这人身份有点特殊。"

小岚感到大惑不解:"特殊?怎么个特殊法?'王子犯法,与庶民同罪',就是王子,公主,也得受法律约束。"

马仲元说:"小岚,你还真说对了。这偷走绿玉青蛙的人,就是个王子,朱朱国的王子。"

"啊,竟然是朱朱国的王子!"小岚目瞪口呆,"身为王子不是从小就受到良好的教育吗?怎么连偷窃的事情也敢做,太过分了!"

小岚一拍桌子:"管他什么王子,这件事情不能跟他客气的,要他赶紧交出来。不告他盗窃罪,不抓他坐牢,已经是很客气了。"

赵敏苦笑道:"小岚,这王子呀,还真不能告他盗窃罪,不能抓他坐牢。"

小岚眼睛睁得大大的:"为什么?"

马仲元无奈地说:"因为偷走绿玉青蛙的王子,今年才五岁。"

"什、什么?!才五岁!"小岚瞠目结舌。

赵敏点头说:"是的,朱朱国的小王子今年才五岁,法律对他不起作用。而且,相信他拿走绿玉青蛙,只是出于贪玩,因为那只青蛙的造型实在很可爱,小孩子喜欢很正常。"

马仲元说:"因为这次情况特殊,小王子不能抓,也得给国王留点面子,所以香港行政长官特地吩咐,要求我们既要保住文物,又要顾全朱朱国客人的面子。"

小岚皱起眉头:"既要保住文物,又要顾全朱朱国客人的面子,怪不得爸爸妈妈这样为难了。这事可真不好办啊!"

赵敏说:"是呀!博物馆里的人现时还在开会想办法呢,我们惦记着你今天回来,才回家等你的。不过你爸爸已经打了好几次电话给副馆长,问想到办法没有,但他们一直没什么头绪。"

小岚眼睛骨碌碌转了一圈,一拍桌子,说:"有办

五岁的"小贼"

法!现在那班客人不是都去游玩了吗?我们找个神偷,偷偷进入小王子房间,把绿玉青蛙拿回来。"

马仲元摇摇头,说:"发现文物失窃后,我们马上联系了陪同客人游览的接待人员,经过他们观察,绿玉青蛙一直被藏在小王子背着的小背包里,一刻也没有离开过。一个细心的接待人员还看见,小王子悄悄把绿玉青蛙拿出来把玩过。"

"好气人!这小屁孩儿,还真是成精了!"小岚十分懊恼,气鼓鼓地说,"那小屁孩儿他们还会在香港逗留多长时间?"

"他们过两天就要走了。时间不等人,国王和公主、小王子下午坐缆车去山顶,六点钟回礼宾府吃晚饭,接着就去文化中心剧场看香江杂技团演出。明天再活动一天,后天一早,他们就去机场,准备回国了。我们一定得在后天早上他们离开酒店前,把绿玉青蛙拿回来。"

马仲元看了看手表,说:"现在已经是下午两点了,我和你妈妈也得回博物馆,和同事们一块儿想办法了。"

小岚眼巴巴地看着爸爸妈妈出了门,心里郁闷死了。

好不容易回来一趟，多希望多点时间跟爸爸妈妈聊聊天、撒撒娇，却被那小屁孩儿破坏了。

"什么小王子？！屁小王子，小贼！小魔王！"小岚一边不满地嘀咕着，一边用勺子狠狠地戳着还没吃完的桂花糕，把桂花糕当那小魔王了。

 ## 晓星的提醒

  一个人在家有点无聊,也不好找晓星姐弟来,也得给他们留点跟自己爸爸妈妈的亲子时间啊!

  小岚打开了爸爸的电脑,咦,没想到爸爸还下载了网络游戏呢!

  "超级马里奥兄弟",小岚以前玩过。很旧的游戏,一个长着一撇黑胡子的小老头在一蹦一蹦地踩蘑菇,挺有趣的,用来打发时间正好。

  没发觉一玩就忘了时间,直到门铃被人按响了。"叮咚!叮咚!"小岚抬头看看墙上的挂钟,才发觉已五点

多了。

"小岚姐姐,快开门!我们来了!"有人在门外大声嚷嚷。

"来就来呗,每次都跟失火似的。"小岚撇撇嘴,慢吞吞走去开了门。

门一开,晓星就冲了进来。他提着一大袋子东西,大声嚷嚷着:"小岚姐姐快看,我给你带了很多好吃的来!"

晓晴跟在他身后也走进屋里:"死小孩,好会卖乖!其实是自己想吃!"

晓星也不管被自己姐姐揭破小心思,献宝似的,把袋子里的东西一样样拿出来:"酥皮蛋挞、菠萝油、鸡蛋仔、碗仔翅、炸乳鸽,还有一只正宗的深井烧鹅!"

小岚嘴巴张得大大的,一脸的错愕:"晓星,你、你、你想吃成个胖子才回乌莎努尔吗?"

晓星得意地拍拍手,说:"半年没回来,当然得吃个够。都是我们香港的美食呢,赶快开吃!"

晓星说完,就自个儿扯了一只烧鹅腿,大口大口地吃

晓星的提醒

了起来，全然不顾小岚和晓晴一脸嫌弃地看着他。

"哇，好吃，好吃！"把整只鹅腿吃进肚子里，晓星擦了擦满嘴的油，又兴致勃勃地说，"小岚姐姐，晓晴姐姐，考你们一道智力题。为什么不能对着大海说笑话？"

晓星最近参加了学校的IQ学会，常常喜欢用一些智力题考两个姐姐。

晓晴说："因为海妖不喜欢听笑话，听见有人讲笑话就会伸手把人拉下水。"

"不对！再想想。"晓星见考住了姐姐，得意地笑着。

晓晴趁晓星不注意，伸手给了他一个"炒栗子"："臭孩子，你以为姐姐那么蠢！我肯定知道答案了，因为大海听到笑话会笑，那就会海笑（啸）了。"

晓星不死心，又问："一加一什么时候会等于三？"

"一加一什么时候都不会等于三！"晓晴瞪着眼睛说。

晓星得意了："姐姐真笨！"

小岚拍了晓星脑瓜一下，说："一加一什么时候会等

于三,算错数的时候喽!"

"噢,小岚姐姐真聪明。"晓星由衷地说。他好像想起了什么,问道,"小岚姐姐,马叔叔和赵阿姨呢?"

"别提了,博物馆有事,爸爸妈妈回去处理了。"一提起这件事,小岚就感到郁闷。

"啊,有什么事?很惊人的吗?还是很有趣?"晓星是个喜欢没事找事的人,听到小岚的话就来了兴趣。

"还不是那小屁孩儿王子害的。"小岚气呼呼地说。

"什么小屁孩儿王子?他怎么了?他惹你了?谁这么胆大包天,告诉我,我去打他!"晓星把刚拿到手里的蛋挞放回桌上,圆睁眼睛,努力做出一副凶恶的样子。

"是呀是呀,快告诉我们,我们一块儿去把他揍成猪头王子。"晓晴也捏了捏拳头。

"是这样的……"小岚一五一十地把博物馆失窃事件告诉了两个好朋友。

"原来是这样!"晓星听完,马上说,"这还不容易,我们现在就去找那小屁孩儿,一个人抓住他的手,一个人抓住他的脚,一个人揪住他尾巴。噢,他没有尾巴,

那就揪住他的耳朵,大喊一声'还我绿玉青蛙',他还不得哭着求着让我们把绿玉青蛙拿走。"

"白痴!要是这样也行的话,我早就做了!"小岚瞪了晓星一眼。

"小岚,不如你打个电话给马叔叔赵阿姨,问问情况,说不定已经有了解决方法了呢!"晓晴对小岚说。

小岚想了想,也好,问问情况,省得自己在家担心:"好,马上打。"

电话打通,电话那头传来爸爸的声音:"小岚,怎么啦?一个人在家很闷是不是?找晓晴他们去玩吧!"

小岚说:"爸爸,不要紧的,晓晴和晓星来了,有他们陪我。爸爸,你们商量得怎样,有头绪了吗?"

"还没呢!大家都急死了。我们都主张跟国王说明情况,把文物要回来。但行政长官不同意,说朱朱国国王是个死要面子的人,要是直接把这件事情捅穿了,自己的儿子竟然偷东西,他会下不了台的。朱朱国跟香港一向关系很好,作为主人,这个面子得给。行政长官下了死命令,要求我们一定要想一个不能伤害国王面子,又能把文物拿

晓星的提醒

回来的办法。"马仲元停了停,又说,"我们现在正陪国王和小王子吃晚饭,公主下午就离开自己办事去了。我们等会儿吃完饭就去文化中心看魔术。小岚,你们如果有兴趣的话,也可以来看。香港杂技团演出的节目,还挺不错的。如果你们来,我让接待处给你们留票。"

"我问问晓晴他们想不想去,如果去就打电话给您。"

小岚挂断电话,对晓晴和晓星说:"你们想不想去看魔术?今晚,文化中心。"

晓星一听就露出兴奋的样子:"看魔术?好啊!我最喜欢看大变活人!魔术师手一挥,台上的人便被变走了,坐到了观众席上……"

"停停停,你把后面那句话再说一遍!"小岚脑子里灵光一闪,急忙对晓星说。

"啊,怎么啦?"晓星有点莫名其妙。

"哎呀,我让你把最后那句话再说一遍!"小岚一跺脚。

晓星说:"最后一句话……哪句?'魔术师手一挥,台上的人便被变走了,坐到了观众席上',是这句吗?"

"对对对,就是这一句!哈哈哈,我想到让宝物回家的办法了,我可以帮到爸爸了!"小岚哈哈大笑。

晓晴和晓星一齐问道:"啊,想到办法了?什么办法?"

"事不宜迟,我们马上出发去文化中心。办法嘛,路上说!"

小岚说完,就拉着晓晴和晓星出了门。

"烧鹅,我的烧鹅!"晓星被小岚拉得跌跌撞撞的,他扭头看着满桌子的食物,心有不甘,"拿了路上吃。"

"拿着烧鹅腿一路啃,弄得满嘴油,这么丢人的事你也干?我会装作不认识你的。"小岚扯着晓星不放手,"时间来不及了,回来再吃!"

"那好吧!"晓星只好把视线从烧鹅那里拔了出来,"哎,小岚姐姐,你想到了什么办法,说来听听。"

"这样这样这样……"小岚兴奋地说着。

"哦,原来是这样这样这样。妙计啊!"晓晴和晓星像小鸡啄米似的点着头。

三个人拦了辆出租车,往文化中心赶去。一路小声说

晓星的提醒

大声笑的,为即将实行的"宝物回家"大计而兴奋着。

很快来到了文化中心。

"小岚,你们来啦!"等在文化中心剧院门口的马仲元,迎向小岚三人。

"爸爸!"小岚喊了一声。

"马叔叔!"晓晴和晓星也喊道。

"孩子们好!"马仲元从衣袋里掏出三张票,塞到小岚手里,说,"第三排正中的票,位置不错的。你们赶快进去吧!爸爸和行政长官坐在第一排,陪着国王和小王子。"

"爸爸,有件事请你帮忙。"小岚说。

"什么事?尽管说。"马仲元宠溺地看了女儿一眼。

"我想今晚表演一个节目。"小岚说。

"表演节目?你会玩魔术?"马仲元有点儿吃惊。

"你女儿多聪明啊,有什么不会?区区魔术,能难得了我?"小岚骄傲地说。

"是呀,马叔叔,你不知道小岚姐姐有句名言吗?'天下事难不倒马小岚',小岚姐姐最厉害了,她什么都

会。"晓星挺狗腿地凑上来。

"我女儿当然厉害了。"马仲元自豪地说,但随即又猛摇头,"女儿,还是不行。今晚是专业团体演出,是专门招待外国朋友的,政府所有司局级官员都来了,连行长官也都出席,可不是闹着玩的啊!"

小岚眼睛骨碌碌地转了转,说:"爸爸,这样好不好,您带我去见杂技团团长,如果我能说服团长让我演,您就不能反对,行不行?"

马仲元想了想,说:"行啊,如果团长同意,我一定不反对。"

小岚和晓晴、晓星互相瞅瞅,都在偷笑。

其实真相是,小岚和晓晴、晓星前不久参加了学院的技艺表演大赛,三人合作表演过一个魔术节目,还得了奖呢!他们只是把已经很熟练的节目再演一次罢了。

四个人来到后台,杂技团的王团长正在跟一位阿姨说什么,见到马仲元,他马上迎了上来,说:"马馆长,您来啦,欢迎欢迎!"

突然,他发现了马仲元身后的小岚和晓晴、晓星,不

晓星的提醒

由得睁大眼睛,高兴地喊了起来:"小岚,晓晴,晓星,你们怎么在这里?"

马仲元一愣:"啊,你们认识?"

王团长笑着说:"是呀!之前我率领杂技团去乌莎努尔访问演出,期间应邀去了宇宙菁英学校,当他们技艺表演大赛的评委。小岚和晓晴、晓星的三人组魔术组合演出,十分精彩,我给了他们很高分呢!他们的节目最后得了一等奖,很了不起!"

王团长说完,又问道:"咦,小岚也姓马,马馆长您是小岚的……"

"小岚是我女儿。"马仲元一脸的自豪。

"原来如此,真是虎父无犬女啊!"王团长恍然大悟。

小岚笑得一脸灿烂,说:"谢谢王伯伯夸奖。王伯伯,我来找您,是想求您一件事。"

王团长豪迈地说:"什么事?你尽管说,伯伯答应你就是。"

小岚说:"能不能安排我们三人组魔术组合,今晚上

台表演我们的获奖节目？"

王团长哈哈大笑："行，当然行！我求之不得呢，今晚的观众以小朋友为主，你们的节目小朋友一定喜欢。"

"谢谢王伯伯给我们机会！"小岚和晓晴、晓星高兴得异口同声喊了起来。

"不用谢不用谢。好，我马上找人带你们去化妆。"王团长乐呵呵地说，他又抬手招来了刚才跟他说话的阿姨，"你带他们去化妆，然后带他们去道具间，让他们自己选道具和服饰。"

马仲元朝王团长说："看你，把他们宠坏了。"

王团长笑着说："这样优秀的孩子，就是要宠，狠狠地宠。哈哈哈！"

大魔术师马小岚

文化中心剧场座无虚席，因为有小王子的缘故，所以邀请了很多小朋友观看，这让场内气氛特别欢乐，孩子们的笑声不时响起。

第一个节目是肩上芭蕾，演出的是一个大哥哥和一个大姐姐，男的英俊，女的漂亮，他们都穿着缀满亮片的紧身衣服，在舞台上轻盈地变换着各种舞蹈动作，在梦幻般的灯光配合下，就如仙境中的一对美丽精灵。

小岚和晓晴、晓星没顾上欣赏节目，因为他们的节目排在第三个，小岚做魔术师，晓晴和晓星做她的助手。这

时,他们在后台,等着上台。

晓星躲在幕布后面往观众席上瞅了一会儿,突然眼睛一亮,说:"你们快来看,第一行那个背着小背包的小子,是不是小王子?哼,看上去就挺臭屁的,真想去打他一顿。"

"哪里哪里?噢,看到了,哇,挺可爱的小孩啊!脸上肉嘟嘟的,好想捏他一下呢!"晓晴眼里冒着小红心,嘴角还疑似有口水流出。

"你们怎么啦,一个要打他一顿,一个要捏他一下,都那么暴力。"小岚说完,也忍不住往台下瞧。

只见第一排正中,坐着一个胖胖的中年人,中年人的左边是行政长官罗建中,而右边就坐着一个粉雕玉琢的小男孩,他张大嘴巴看着台上的演出,看得正开心。

果然很可爱呢!小岚之前对他的不满一下子烟消云散了。

"哇,是个小胖娃,看他的小胳膊像莲藕似的,好想咬他一口呢!"原来暴力是会传染的,小岚也未能幸免。

"小岚,下一个节目就是你们上了,准备出场。"工

作人员过来提醒。

"好的,谢谢阿姨!"小岚又扭头对晓晴和晓星说,"准备上场,记住我跟你们说的,别搞砸了。"

"知道!"晓晴和晓星一齐回答。

随着第二个节目的演出完成,轮到小岚的魔术三人组上场了。

小岚穿着一身黑色的燕尾服,披一件红色披风,头戴黑色的帽子,精神抖擞地走上台。在她身后,是穿着小西装的晓星,还有穿着迷你小短裙的晓晴。

走到舞台中间,三个人来了一个无比帅气的亮相,引起台下如雷的掌声。

国王两父子从演出一开始就着迷了,两人看得兴高采烈的,早把陪同的行政长官等人忘了。罗建中也乐得不用招呼他们,扭头和坐在旁边的马仲元小声说话,就取回绿玉青蛙的事交换意见。

后天上午客人就要离开了,但所有人都束手无策,对既要给客人面子又要取回文物感到十分困扰。那小王子的背包一直不离身,想悄悄拿回来根本不可能。

罗建中突然"咦"了一声,对马仲元说:"台上那个魔术师不是小岚吗?这小家伙真是多才多艺,连魔术也会。"

马仲元得意地说:"当然,我女儿嘛!"

这时小岚已开始表演了,在轻快活泼的音乐声中,晓晴把手上的盒子打开,给观众看,证明盒子是空的,然后把空盒子交给小岚。

小岚接过盒子,用身上的披风一拂,然后再把盒子打开,往里面一掏,竟然掏出了一只小鸽子。

"哇,明明里面是空的,怎么会变出小鸽子呢?"

"魔术师姐姐好厉害!"

"啊,是一只真的小鸽子呀!"

台下小朋友兴奋地议论着,有的还在拼命鼓掌。

小岚把手一松,鸽子扑楞楞地飞了起来,在剧场上空飞着。

"小鸽子飞起来了,飞起来了!"

"小鸽子来我这儿,来我这儿!"

小朋友们都兴奋极了。这时候,小岚继续往盒子里

掏,掏出一只鸽子,又一只鸽子……

六只鸽子在剧场上空飞呀飞呀,观众席上的小朋友叫呀笑呀,高兴得忘形了,身旁的爸爸妈妈压都压不住。

小王子跟所有小朋友一样,盯着那六只飞翔的小鸽子,又是叫又是跳。接着又拉着他的国王爸爸嚷嚷:"我也想要一只小鸽子!"

要不是他的国王爸爸拦着,他早就跑到台上,自己从魔术师姐姐的盒子里掏小鸽子了。

这时候,小岚吹了一声哨子,六只鸽子飞回了台上,站在桌子上咕咕咕咕地叫着。

"小朋友们注意啦,我不但可以把东西变来,也可以把东西变走呢!"小岚拿出一只绿色的塑料小青蛙,说,"小朋友们看看,姐姐的右手拿着什么?"

"小青蛙!"看得正高兴的小王子,跟着小朋友们一齐喊道。

小岚说:"接下来姐姐就把它变走。大家喊一、二、三!"

"一、二、三!"小王子和所有小朋友一齐喊着。

"变！"小岚大喊一声，"噢，没了！"

小岚把右手张开给观众看。

"哇，真没了！"

"姐姐真厉害！"

"小青蛙上哪儿去了？"

小岚的声音充满诱惑："小朋友，想不想知道我把小青蛙变到哪里了？"

小朋友一齐喊："想！"

小岚点了点头："嗯，那姐姐开始找了。"

小岚走下舞台，走到观众面前，用手里的魔术棒指着小王子，说："小青蛙就在这个可爱的小朋友的背包里。"

"姐姐，小青蛙真的变到我背包里了吗？"小王子很兴奋，赶紧拿出小背包翻了起来。

突然，他眼睛一亮，从小背包里拿出绿玉青蛙，开心地大笑起来："嘻嘻，找到了找到了，小青蛙真的变到了我的小背包里！"

"小朋友，为了感谢你跟我一块儿变魔术，我送给你一件礼物，拿着！"小岚从披风里拿出一只小鸽子。

小王子见到小鸽子,眼睛都发光了,赶紧抱在怀里。他又把绿玉青蛙塞到小岚手里,说:"姐姐,青蛙还给你。"

"爸爸爸爸,快看,小鸽子多可爱啊!"小王子笑得眼睛弯弯的,把小鸽子拿给国王看。

国王看到儿子高兴,也笑眯了眼:"还不赶快谢谢姐姐!"

"好啊,我马上说!"小王子张开红红的小嘴,"谢谢姐姐!谢谢姐姐!"

"不用客气!"小岚满脸笑容地朝国王微微欠身致意,然后转身回了舞台。

马仲元和罗建中坐在一旁,把小岚和小王子的互动全看在眼里,两人心里都乐开了花。真没想到,他们纠结多时的事情,就这样轻巧地被小岚解决了。

罗建中悄悄地朝马仲元竖了竖大拇指。

马仲元咧开嘴笑得很得意:"这小精灵鬼,怪不得一个劲儿央求我让她表演魔术,原来……"

罗建中赞叹着:"真是'生女当如马小岚'啊!我怎

么就生不出一个这样优秀的女儿呢!"

小岚回到台上,和晓星、晓晴三个人一齐朝观众鞠了个躬,然后走回后台。

王团长一直在后台看着她们表演,说实话,他之前还是有点不放心的。虽然小岚他们在学校表演过,还获了奖,但今晚毕竟有政府官员在,他生怕小岚他们有压力,导致出岔子。没想到,小岚他们演得比在学校时还要好,还要镇定自如。这时见到小岚他们回来,他笑眯眯地朝他们竖起大拇指,连声说:"不错,不错。"

晓星得意扬扬的,鼻子都朝向天了:"那还用说,有我晓星在,保证一级棒!"

话音刚落,马上收获了小岚和晓晴赠送的两个"糖炒栗子"。

晚上,马仲元夫妇又齐心协力,做了一大桌子菜。不过这次要慰劳的对象不止小岚一个,还多了晓晴和晓星姐弟。

晓星一边努力地对付着一只张牙舞爪的大蟹,一边问道:"小岚姐姐,你真是料事如神啊!也奇怪,怎么那小

屁孩儿见了鸽子,就想也不想,把绿玉青蛙还给你呢!"

小岚咬着一块马铃薯:"当然了,想想看,一个小朋友,会喜欢活蹦乱跳的小鸽子,还是一动不动的绿玉青蛙呀?"

晓晴慢吞吞地吃着她的美容菜西兰花:"当然是活蹦乱跳的小鸽子了。小朋友又不知道绿玉青蛙是价值连城的。就是知道了也不在乎,小朋友是最纯洁最没有名利欲的。"

晓星赶紧吞下嘴里的一大口美食,讨好地说:"我小岚姐姐就是厉害!"

他又向马仲元说:"马叔叔,小岚姐姐这么厉害,您准备怎样奖励她?不如,明天带她去迪士尼玩吧!当然,小岚姐姐是小孩子,她肯定希望有小孩子跟她一块儿玩的。为了让小岚姐姐玩得开心,我和姐姐可以牺牲自己的休息时间,跟你们一块儿去。"

"好啊,欢迎你们加入,我们明天就一起去迪士尼!"

"哇,太好了!"小岚和晓晴、晓星欢呼起来。

这时,马仲元的手机响了,他赶紧拿起手机走到阳台

接电话:"喂,哪位?哦,丁先生,你好你好!哦,后天?这个……机会很难得,只是我女儿刚回香港,还没有好好陪她。我考虑一下,等会儿回复你。谢谢啊!"

"什么事?"赵敏瞅瞅马仲元的脸,问。

"这事……"马仲元有点为难地看看小岚,说,"刚才的电话,是北京的中国文化研究协会的丁先生打来的,他们邀请我和你妈妈,以中国古文物鉴赏专家身份,参加在朱朱国召开的五年一度的国际鉴宝大会。只是,后天就要出发了……"

赵敏听完愣了愣,说:"计划永远赶不上变化,参加国际鉴宝大会,可以和外国学者一起交流探讨,的确是好机会,但我们就不能陪小岚了。仲元,我看推了吧,我们就不去了,我们留下来陪女儿。"

小岚心里有点儿纠结,她很想爸爸妈妈陪自己的,但想想自己不能这么自私,便说:"没关系啦,这么好的机会,爸爸妈妈一定很想去参加的,我不能扯爸爸妈妈后腿。反正我这次回来待的时间也不长,等迟些放寒假,时间长点我再回来,到时爸爸妈妈可不能扔下我哟!"

马仲元摸摸女儿的脑袋,说:"小岚真懂事。下次,就是天大的事情我们也不管了,一心一意陪小岚。"

晓星拉拉马仲元的袖子,问:"马叔叔,那明天的迪士尼之行……"

"当然去!"马仲元笑眯眯地说,"去一整天,让你们玩个够!"

 ## 蟋蟀的美声唱法

"爸爸妈妈,到了朱朱国,记得打电话报平安。"小岚一手拉着爸爸,一手拉着妈妈,依依不舍地说。

"一定记得,我们一下飞机就给你打电话。"妈妈说。

"阿姨,上了飞机就睡个美容觉,到了朱朱国就会美美的。"

"叔叔,飞机上好闷的,有空打打游戏。"

"谢谢晓晴、晓星。小岚就拜托你们照顾了。"马仲元拍拍晓星的肩膀。

晓星胸脯一挺,说:"叔叔放心,我一定把小岚姐姐

照顾好。"

小岚白他一眼:"哼,还不知道谁照顾谁呢!"

这时有人喊:"马先生,赵女士,可以入闸了。"

"哎,就来!"马仲元答应了一声,又对三个孩子说,"好了,要进闸了。回来后如果安排好有时间,我们会到乌莎努尔看你们的。"

"小岚,妈妈上飞机了。"赵敏抱了抱小岚,又塞了张银行卡给小岚,"这几天好好玩玩,想买什么就刷卡。"

"不用不用!妈妈,你每个月寄给我的钱都用不完呢!我有钱。"小岚把银行卡塞回给赵敏,又说,"快进闸吧,看,代表团的人都在闸口等您和爸爸呢!"

"噢,好好好,爸爸妈妈走了啊!"

马仲元夫妇终于消失在闸口了。晓星拉拉还盯着闸口发愣的小岚,说:"小岚姐姐,今天我们怎么安排,去哪里玩好呢?"

小岚想了想,说:"我想去陶然街的古玩集市逛逛,看看有没有好东西,买一样送给宾罗伯伯做手信。宾罗伯伯最喜欢中国的古玩了。"

"没问题,小岚姐姐想去哪里我就陪你去哪里。我答应了叔叔阿姨照顾你的。"晓星拍拍胸口。

晓晴打了晓星一下:"看你那嘚瑟样,小岚还用你照顾?"

"姐姐,你打我干吗?"晓星委屈地摸着头,"小岚姐姐是女孩子,我是男孩子,男孩子不是应该照顾女孩子吗?"

"噢,我们的晓星真乖,知道要照顾女孩子啦!今后,就拜托周晓星先生照顾我了!"小岚朝晓星拱拱手。

"看,小岚姐姐都愿意让我照顾。哼!"晓星朝晓晴撇撇嘴,又兴奋地说,"如果看到好的东西,我也买一样送给万卡哥哥。"

"好啦,我们马上出发吧,目标,陶然街!"

陶然街位于香港新界一个新区,那条街有三四十家店铺,全是卖古玩的。除了店铺外,大街的两边还有不少古玩摊位,卖着较为便宜的东西。

马仲元夫妇不时会去逛逛古玩集市,看看有没有喜欢的古玩文物,小岚以前也跟着他们去过多趟,所以对这地

方挺熟悉的，便充当了小向导："这集市有两个入口，我们从这里进吧，这边有趣的东西多点。"

"哇，好多古董卖啊！"晓星一进去就像《红楼梦》里的刘姥姥进大观园一样，东张西望，恨不得把所有东西都看进眼里，"小岚姐姐，为什么这么多人喜欢收藏古董？"

小岚不假思索地说："因为古董是前人留给我们的珍贵文化遗产呀！每一件古董上面，都蕴含着无数的历史、文化、社会信息，而这些信息，是其他的东西所无法取代的。"

"哦，我明白了。怪不得马叔叔是历史学家，同时又是古文物研究专家，原来这两者是相通的。"晓星若有所思。

"聪明！"小岚赞道。

"当然啦，我是谁呀，聪明可爱的晓星哟！"晓星的小尾巴又翘起来了。

被小岚姐姐称赞，晓星走路都好像飘了起来，他很快"飘"进了一家店铺，好奇地盯着柜台里一个红得发紫的小物件："咦，这东西好有趣啊！像是葫芦，但又不全像，小岚姐姐，快来看，这究竟是什么东西？"

小岚和晓晴走进店里，小岚看看晓星指着的物件，说："这就是葫芦啊！这是一种工艺水平和欣赏价值都很高的工艺品，叫范制葫芦，古称葫芦器。"

晓晴仔细瞧了瞧，说："样子有点怪啊，跟真正的葫芦又不同。它是怎样做出来的。"

小岚说："它的制作方法，是在葫芦初长成的时候，把模子套在葫芦上，使它只能在人们设定的范围内生长，这种方法叫制范。这个又叫蛐蛐葫芦，蛐蛐即蟋蟀。古人喜欢玩斗蟋蟀，这个葫芦是用来装蟋蟀的"。

晓星有点惊讶："装蟋蟀的葫芦？这也算古玩文物吗？"

小岚点头说："算啊，怎么不算。"

晓星跃跃欲试："那我买一个，带回去跟万卡哥哥玩斗蟋蟀。"

小岚瞧了他一眼，说："你买？你有这么多钱吗？"

晓星不以为然："一个小葫芦，能有多贵？"

小岚耸耸肩，说："好啊，那你既然有钱，就买吧。"

晓星问柜台里面一个笑容满面的老伯伯："伯伯，这葫芦真好看，请问多少钱？"

老伯伯说："小朋友，你真有眼光，这种葫芦在集市里只此一家，别的店都没有呢！而且，我这里也是价格最便宜的。"

老伯伯朝晓星伸出五根手指。

晓星一看，说："五十元，不贵啊，我买一个。"

老伯伯睁大眼睛："什么五十元？"

晓星眨眨眼睛："难道是五百元？那太贵了。"

老伯伯哭笑不得："小朋友，是五万元！"

晓星大吃一惊："什么？五、五万元！我说伯伯，你是财迷心窍了吧，简直是奸商啊！一个小葫芦，值五万元。你以为我是傻子啊！"

"你、你这孩子，怎么这样说话。"那老伯伯听晓星这样说，气得胡子都在抖。

小岚打了晓星一下，说："喂，你不懂就别乱说话，那小葫芦真的值五万元呢！"

蟋蟀的美声唱法

老伯伯这才舒了口气,说:"还是这小姑娘有眼光。"

小岚对晓星说:"收你五万元,伯伯是给了个良心价呢!这个小葫芦应有几百年历史了。"

老伯伯十分惊讶:"小姑娘,你真厉害,你是怎么看出来的?"

小岚指着小葫芦上刻着的三个字:"我是从这上面的字看出来的。你们看,这上面写着'三河刘'三个字。'三河'是指三河市,'刘'是指三河县的一个叫刘显庭的人。三河县田地的特殊土质种出来的葫芦特别好,再加上刘显庭的高超技巧,使得经他'造'出来的葫芦造型优美、音响效果好。把蟋蟀放里面,传出的叫声由原声态变成了美声唱法,十分动听,所以很有名。据说,现在这'三河刘'葫芦,价值在五到十万元。"

"说得真好,厉害厉害!"老伯伯朝小岚竖起大拇指。

晓星不好意思地说:"伯伯,对不起,我刚才冤枉您了。"

伯伯笑着说:"没关系没关系,不知者不罪。"

小岚对晓星说:"好了,我们走吧!别打扰伯伯卖东

西了。"

伯伯一脸慈祥:"不打扰,两位小朋友,有空再来玩。"

小岚和晓星齐说:"伯伯再见!"

晓晴不知从哪里冒出来了:"哎,你们知道我刚才看见了谁吗?帅哥哎!内地那部电视剧,叫什么?对,叫《风中奇缘》,戏里演皇帝的那位男明星,他竟然也来逛古玩集市了。"

晓星耸了耸鼻子:"哼,大惊小怪,没见过帅哥吗?你面前就有一个。"

晓星给姐姐摆了一个很有型的"甫士"。

"别臭美了,吃我一记天下无敌扫堂腿!"晓晴一脚朝晓星扫去。

三十六计,走为上计,晓星撒腿跑了。

晓晴得意地哈哈大笑,然后拉着小岚继续逛集市。

晓星跑了十几米远,见姐姐没追来,就自己左看看右看看,给万卡哥哥找礼物。

 ## 不怀好意的漂亮姐姐

小岚和晓晴、晓星没发觉,打从他们走进集市,便有一双满含敌意的眼睛,在狠狠地盯着他们。

那是一个十八九岁的女孩,穿着T裇牛仔裙,人长得挺漂亮的,只是那往上挑的眼角,那显得有点薄的嘴唇,给人一种凶凶的感觉。

见到晓星一个人走着,她冷笑一声,从他身边走过,走进前面一家叫"玉太郎"的古玩店,跟柜台里的店员小声吩咐了几句什么。

毫无察觉的晓星一蹦一跳地走来了,经过"玉太郎"

时,他被店员的叫卖声吸引住了。

"铜钱剑,铜钱剑,年代久远,造型古雅,不买也看看啊!"

"铜钱剑?"晓星望向店里,见到一个四五十岁、长着一个大鼻子的店员,拿着一把用铜钱穿成的剑,在吆喝。

好有趣的剑!剑用几十个古铜钱穿成,剑身修长,剑柄还有一个红色的十分精致的中国结。

"叔叔,我想看看这把剑。"晓星不由自主地走进店里。

"好的。小朋友,拿好。"大鼻子店员把铜钱剑交到晓星手里。

"小朋友好眼光,这把铜钱剑,光是这些古铜钱就很有收藏价值。过一两年就能升值百分之五十。"

"真的假的?骗我的吧!"晓星撇撇嘴,"我不贪钱,只是想买回去送给我万卡哥哥。万卡哥哥很威武的,他肯定喜欢剑。"晓星一边端详着铜钱剑,一边说。

"小朋友真会选礼物。送给哥哥,这个就最合适

不怀好意的漂亮姐姐

了。"大鼻子店员又口水花喷喷,说得天花乱坠,"古铜钱剑,够古老,够威风,你那位哥哥一定喜欢。"

"这剑多少钱?"晓星问。

"见你小小年纪就懂得尊敬兄长,便宜些给你,三千元。"

"三千元?太贵了,不买不买!"晓星把铜钱剑递回给店员。

晓星刚好带了三千元,但他是打算用一部分钱买礼物给万卡哥哥,剩下的钱给自己买一个飞机模型的。

"小朋友,你真是不识好人心啊!我刚才在另一家店铺,见到一把卖相比这差了很多的铜钱剑,要四千多呢!古铜钱很有收藏价值的。知道吗?去年一次春季拍卖会,有人拿出一枚古铜钱拍卖,你猜卖了多少钱?一百五十万呀!"这时旁边一个顾客说。

晓星扭头一看,见是一个穿着T袖牛仔裙,长得挺漂亮的年轻女孩。

"姐姐,这把剑真值三千元?"晓星有点半信半疑。

女孩说:"当然值。光是那些古铜钱就非常珍贵了,

全是古董啊,何况还穿成一把剑。你看,这用来穿起铜钱的绳子是红色的,红色寓意喜庆、成功、忠勇,而剑代表力量。你没看过吗,电影里那些道士驱鬼,就是拿着把铜钱剑,所以说古铜钱剑能战胜坏人,保好人平安。如果你不买,我买。我朋友生日,我准备送他一把铜钱剑做生日礼物。"

女孩伸手要拿那把铜钱剑。晓星赶紧说:"别别别,我买啊!"

晓星想,这把剑这么好看,上面的铜钱又这么珍贵,剑还可以保平安,好处太多了。三千元就三千元,我顶多不买模型了。

见到漂亮姐姐在旁边对他手里的剑虎视眈眈,晓星赶紧拿出三千元钱给了店员。

晓星向漂亮姐姐说了声再见,拿着古铜钱剑喜滋滋地找小岚和晓晴炫耀去了。得让她们知道,晓星我还是个鉴宝高手呢!

晓星没有看到,在他背后,那漂亮女孩嘿嘿冷笑,嘴里嘀咕着:"笨蛋!这把铜钱剑用的都是些不值钱的钱

不怀好意的漂亮姐姐

币,顶多值几百块钱。哼,你们欺负我弟弟,我就要让你们不好过。"

晓星走了不远,就看到小岚和晓晴迎面走来了,晓星马上向她们献宝:"两位姐姐,看看我买了什么好东西,一把古铜钱剑啊,很厉害很有价值的古董呢!"

晓晴一把抢过铜钱剑,看了看:"多少钱?"

晓星得意地说:"三千元。上面的铜钱都是古董,一点也不贵。"

晓晴大声嚷起来:"什么?这铜钱剑要三千元?笨蛋,你让人骗了。我和小岚刚才看到一家店铺才卖一百八十多元。还有见到单独卖铜钱的,都是论斤称的,很便宜。三千元,可以买一口袋铜钱了。"

晓星很吃惊:"不会吧,刚才有个漂亮姐姐告诉我,这种剑别的店卖四千元呢!"

晓晴说:"哦,怪不得上当受骗,原来是看到人家长得漂亮,就晕头转向了。"

晓星很不服气,他气呼呼地从晓晴手里拿回铜钱剑,递给小岚,说:"小岚姐姐,我姐姐说的都是真的吗?这

把古铜钱剑真的这么不值钱？她乱讲的是吧，她故意贬低我的是吧？"

小岚点头说："晓晴没骗你。好多古铜钱价值都很低。知道什么叫古钱币吗？除了我们现在使用的钱，其他不管是哪个年代的钱，都统称为古钱币。古钱币的价值，由年代、数量、本身完好的程度这三点来决定。其中，现存数量的多少，是决定古钱币价值的最重要因素，有句话不是叫'物以稀为贵'吗。有些年代铸造的铜钱，比如宋朝，由于当时大量铸造钱币，因此流传下来的也很多，所以现时价值也很低，一元两元也能买到一枚。"

小岚又用指头弹弹剑上面的铜钱，继续说："而且，很多市面上卖的铜钱剑，用的多数是现代人仿造的假铜钱，就更谈不上有什么价值了。"

晓星傻了，说："啊，那个漂亮姐姐太过分了，她说这剑上面每一枚铜钱都很有收藏价值，还说铜钱剑代表力量，可以保平安。还说那些道士都是拿铜钱剑打鬼的。"

小岚和晓晴互相看了一眼，都哈哈大笑起来。晓晴笑得上气不接下气："哈哈，你越长越回去了，怎么这么

笨。铜钱剑可以保平安，这样的话你也信！"

晓星气得快要哭了，小心灵大受打击，宝宝很委屈，宝宝很愤怒，没想到世界上有这么坏的人，竟然连小孩子也骗！

晓晴笑够了，又柳眉一竖，怒气冲冲地说："晓星，你告诉我，这剑是在哪家店买的，我们找他理论去！还有，那个骗你的妖女，大话精，我见她一次打一次！"

晓晴虽然也常常欺负弟弟，但是她是绝不能容忍别人欺负她弟弟的。

晓星用手擦擦冒出来的泪花，说："就是前面那家叫'玉太郎'的古玩店。"

"玉太郎？它应该叫作'骗人太郎'才对！"晓晴哼了一声，拉着晓星，气势汹汹地走向那家坑人的店铺。

 ## 拉希公主

晓星气冲冲地踏入"玉太郎"的大门,却发现柜台里除了刚刚见到的大鼻子店员外,还有一个人坐在那里在懒洋洋地剥瓜子吃,定睛一看,不禁气得鼻孔差点冒出烟来:"哦,原来你们是一伙的,演戏来骗我!"

原来那剥瓜子吃的女孩,正是刚才哄他上当的"漂亮姐姐"。

晓星对晓晴说:"就是这个人,刚才扮顾客,哄我买那把铜钱剑。"

"你们简直是黑店啊,演戏骗顾客,演技这么好,怎

么没拿奥斯卡金像奖！"晓晴瞪着那个女孩，说，"三千块钱买把破剑，不怕我们去消费者协会告你们！这剑我们不要了，赶快退钱！否则，哼！"

"哇，我好怕哟！"女孩作了一下颤抖状，又阴阳怪气地说，"没听过'货品出门，概不退换'这句话吗？谁叫那小子这么蠢！"

"你才蠢呢！我只是错信了你，以为你是好人，没想到你这么坏！"晓星又委屈又恼火。

长这么大，第一次被人说他"蠢"，好憋屈啊！

"老实告诉你们，那把剑是我用几十块钱进的货，这个笨蛋，却花了三千块钱买了。哈哈哈哈，笑死人了……"女孩竟然幸灾乐祸地大笑起来，"我终于报仇了。"

小岚只顾低头端详手里那把剑，这时听到女孩这样说，忍不住问："喂，这位小姐，你究竟是谁？我们根本不认识你，更谈不上有什么冤仇。我们什么时候得罪你了？让你这样耍手段害人。"

女孩嚣张地说："你们这些下等人，没资格听我高贵

的名字。"

"嗤,你究竟有多高贵啊,国王?公主?真不知天高地厚!"晓晴十分不屑,她又说,"真的不退钱?好,我们就站在门口,向顾客揭露你们黑店的所作所为,直到你们退钱为止。"

"哼,你们就站吧,说吧,反正,钱我是不会退的!"女孩眼睛瞟着晓星,得意扬扬地说,"一把破剑,卖三千大元,哇,真痛快啊!傻瓜的钱就是好赚!"

晓星的眼泪再也忍不住,呜呜地哭了起来。自出生以来,他几时受过这样的侮辱。

晓晴气得捋袖子挽裤管:"你你你你,你这个嚣张女,我真受不了啦,吃本女侠一记无敌鸳鸯腿!"

"别跟这些人一般见识,要报仇有的是办法。"小岚一把拉住晓晴,又拍拍晓星的肩膀叫他别哭,然后对"嚣张女"说,"你真是不给退货,也不会退钱了?"

"嚣张女"鼻孔朝天,洋洋得意:"本小姐说了不退就不退!"

这事情要是告到消费者协会,"嚣张女"绝对要被罚

的。真不知道她哪来的自信,这样嚣张。真不愧是"嚣张女"啊!

跟气鼓鼓的晓晴和晓星不同,小岚一直气定神闲。听了嚣张女的话,她笑笑说:"好,不退就不退。这是你说的,等会儿别后悔啊!"

小岚说完,朝晓晴和晓星挤挤眼睛,说:"我在剑里发现了一样东西。"

晓晴和晓星异口同声地问:"发现什么了?"

"嚣张女"撇撇嘴,说:"还能发现什么,一堆破铜钱呗!"

小岚笑笑说:"没本事的人当然发现不了什么,可我跟你不一样啊,我能在一堆破铜钱里发现宝贝。"

小岚说完,把铜钱剑往地上使劲一扔。铜钱剑上的红线断了,铜钱哗啦啦滚了一地。

"啊!"

"小岚姐姐,你怎么……"

晓晴和晓星同时喊了起来。

连"嚣张女"也诧异地看着一地的铜钱。

小岚笑了笑,弯腰捡起地上的一个铜钱,用指甲挖去上面的锈迹,又用纸巾擦了擦,说:"晓晴、晓星,快来看看,这就是我发现的好东西。"

晓晴和晓星瞪大眼睛,看向小岚手上的铜钱。

"哇,好漂亮!有两条龙呢!"晓星喊了起来。

"嚣张女"和大鼻子店员听了,脸色大变,忍不住伸长脖子,望向小岚手上的铜钱。

只见那铜钱上的两条龙,线条细致流畅、造型生动,浮雕感极强,简直就是一件漂亮的艺术品。

小岚把铜钱翻向另一面,只见上面刻着一些字。晓星念道:"光宝绪元?"

"什么光宝绪元?没文化,真可怕!"小岚给晓星脑袋来了一个"炒栗子",又指点着上面的字,"应该按这顺序读,'光绪元宝'。"

"啊,光绪元宝双龙寿字币!!""嚣张女"和大鼻子店员异口同声地喊了起来。

小岚朝"嚣张女"笑笑,说:"准确地说,是'广东省造的光绪元宝双龙寿字币',还是一两的。"

"嚣张女"既然是卖古玩的,当然知道这枚铜钱有多宝贵,她顿时傻了,脸上的表情在不断变化,震惊、懊悔、恼火……

这间位于香港的古玩店才开张不到半个月,进的这批铜钱剑,是她从一个批发商那里买来的,当时那商人就跟她说了,剑上面的所谓古铜钱,九成是假的,现代造的,一成虽然是真的古钱币,但都是一些不值钱的,所以才这么便宜批发给她。她之前卖出去的,也都只是卖一百多块钱,只是卖给晓星时才抬了高价。

本来有心整蛊晓星,报复小岚一行人的,没想到却把一个宝贝送到他们手里。

在古玩市场,有一个词叫"捡漏",意思是买到了好东西,而且没花多少钱。晓星这次真是"捡漏"了。而这个漏,是她拱手送出去的。

小岚没兴趣去看"嚣张女"多变的脸,也没管她气坏了没有,反正这都是她自找的。小岚对晓晴和晓星侃侃而谈:"清代的'广东省造双龙寿字币',一直以来都是罕见的钱币珍品,目前全世界有记载的只有八枚,收藏价值

极大。有关专家曾经列出最有价值的十大古钱币,'广东省造双龙寿字币'就列入其中。早前,有一枚外表比较完美的'广东省造光绪元宝库平一两',就在不久前以七百万的天价成交。"

"啊,七百万!"晓晴嘴巴张得可以塞进一个乒乓球。

"哈哈,笑死人了!原来真正的傻瓜是你,简直是天字第一号蠢人呀!害人终害己,活该,活该!"晓星开心极了,他朝"嚣张女"得意地笑着,"谢啦,三千元换来七百万,果然很值啊!"

"我们小岚真不愧是鉴宝高手,在人家说的'破剑'里也能找到好东西。"晓晴好不容易从震惊中清醒过来,真是好开心、好解气啊,她笑嘻嘻地对"嚣张女"说,"喂,刚才很嚣张的那个人,赶快跪在小岚脚下,乖乖地说'我是大笨蛋、大大笨蛋、大大大笨蛋'吧!"

"气死我了!""嚣张女"气得头顶冒烟,她用手指着小岚,说,"我要向你挑战!"

小岚没好气地白了她一眼:"你是谁呀?说挑战我就

得应战吗？没兴趣！"

晓星眼珠骨碌碌转了转，拉着小岚的手："小岚姐姐，答应她吧，反正她肯定会输的，就让她'好事成双'吧！"

他又朝"嚣张女"问道："要跟小岚姐姐比什么？"

"当然是比鉴宝了！"

"你还敢比呀，事实不是已经证明你技不如人吗？"晓晴说。

"嚣张女"哼了哼："我只不过是一时大意，没注意货品里有双龙寿字币。她只是运气好，刚好看到了。有本事和我明刀明枪比一场，看谁才是真正的鉴宝高手。"

晓星眨眨眼："如果小岚姐姐赢了，那怎么样？"

"如果她赢了，我就……我以后就叫她老师。""嚣张女"又骄傲地说，"不过，这是不可能发生的事，我一定会赢她的。"

"老师，马老师，小岚老师，嘻嘻，不错哟！"晓星又拉着小岚的一只手，摇呀摇，"小岚姐姐，答应她，跟她应战，好吗？"

晓晴也拉着小岚另一只手,摇呀摇,说:"小岚,答应吧,好不好?我们狠狠打掉嚣张女的威风。"

小岚被两姐弟缠得没办法,只好说:"好啦好啦,反正闲着也是闲着,就跟她玩玩吧!"

"好,一言为定。""嚣张女"伸出手,"我们击掌约定,不能反悔。"

"啪!"小岚也伸出手,跟"嚣张女"一击掌。

小岚问:"比什么,怎么比?"

"嚣张女"说:"两天后,五年一次的国际鉴宝大会在朱朱国召开,会议期间会组织一场鉴石比赛,比赛方法是,参赛的人在一大批翡翠原石里选出三块,用切割机剖开,以原石里面翡翠含量多少、品级高低来评分,决出前三名。到时我跟你都参加这场比赛,名次排前的,就算赢。至于怎样取得参赛资格,这个你不用担心,我自有办法。"

晓晴听了眼睛一亮,对小岚说:"在朱朱国举办的国际鉴宝大会,那不就是马叔叔他们参加的那个会议吗?"

晓星很高兴:"小岚姐姐,那我们一起去朱朱国好

了。我们去找马叔叔和赵阿姨玩。"

"也好。"小岚瞧了"嚣张女"一眼，说，"喂，说出你高贵的名字吧，我也得知道挑战我的人是谁。"

"我叫朱朱拉希。""嚣张女"一副骄傲的样子。

"猪猪拉稀？这名字起得好，起得妙！"晓晴捂着嘴，好不容易才忍住笑。

晓星可不管那么多，直接就笑出来了。

小岚也忍不住笑了，她突然想到了什么，朱朱，是朱朱国皇族的姓呢！她看着"嚣张女"："你是朱朱国王朱朱大旺的什么人？"

"说出来吓死你们，我是朱朱大旺的女儿。""嚣张女"说话的时候，鼻孔是朝着天的。

小岚若有所思："哦，那你是朱朱国的公主？朱朱小旺是你的弟弟？"

"嚣张女"更加嚣张，说："正是。赶快下跪，向本公主求饶吧！"

"嗤，不就是个公主吗？我们小岚……"

晓晴刚要说出小岚的身份，就被小岚打断了："拉希

公主,你现在该可以说了吧,我们怎么得罪你了?干吗要骗晓星?"

拉希怒气冲冲地说:"我香港的这家古董店刚开张,只缺了一件镇店之宝。那天跟着爸爸去参观博物馆,看中了那个绿玉青蛙。也是天要帮我,博物馆突然停电了。我就跟弟弟说是玩藏宝游戏,叫他拿了绿玉青蛙藏在背包里。没想到,却让你们装神弄鬼玩什么魔术,从弟弟那里拿回去了。"

"啊,原来是你教唆小王子做坏事!"小岚三人嚷嚷起来。

 ## 因为我是马小岚

小岚三人坐在飞往朱朱国的飞机上。

"那拉稀公主太过分了,竟然利用弟弟给她偷东西。"靠窗口坐着的晓星,一直在忿忿不平地嘀咕,"那小王子长得多可爱啊,简直有我一半的可爱了。却被他姐姐利用,成了小偷。"

小岚和晓晴都没有搭理他。小岚一边嚼苹果一边看面前小屏幕上的节目,晓晴就在翻着飞机上的几本杂志。

"小岚,快看快看,嚣张女!"晓晴瞪大眼睛,指着杂志上的一张照片叫小岚看。

小岚扭头一瞅,见到果然是拉希的一张彩色大特写。照片上,拉希捧着一只翡翠玉杯,在仔细鉴赏着。

照片下面是一篇长长的访问文章,题目是"朱朱国鉴宝第一高手拉希公主采访记"。

"朱朱国鉴宝第一高手?哼,牛皮吹大了吧!"晓晴对小岚说,"怪不得我们说你是鉴宝高手时,'嚣张女'那么生气,非要挑战你不可。咦,文章中说她对鉴石很有经验,是朱朱国连续两年的鉴石比赛冠军。"

"哼,她是公主,人家拍她马屁罢了。"晓星不满地哼哼着,随即又问道,"小岚姐姐,鉴石难不难?"

"鉴石当然难了,你看这文章里有写呢!"晓晴指着那篇采访文章,读着里面一段,"玉在地下就很神秘,没有一种仪器能探测到它,等它出到地面后,成了俗称的'原石',外面又包着一层岩石的皮壳,皮壳里面有些什么,同样没有任何仪器能透视到,唯有切割剖开才有真正的结论。试图通过外皮看出原石里面的优劣,这就需要很深的学问……"

"哇,看来真的很难呢!"晓星又拍了拍胸脯,"不

怕，天下事难不倒小岚姐姐。"

"小岚，嚣张女会不会真的很厉害，如果你输了怎么办？她一定更嚣张了。"晓晴有点担心，她问道，"小岚，我知道马叔叔赵阿姨都是文物古董专家，他们应该对翡翠玉石这方面也挺懂的吧。"

小岚刚好咬了一大口苹果，含混不清地说："拱。"

晓星急忙"翻译"说："小岚姐姐说'懂'。"

晓晴又问："马叔叔赵阿姨有教过你这方面知识吗？"

小岚回答："偶。"

晓星又"翻译"说："小岚姐姐说'有'。"

"得啦，以为我不知道吗？"晓晴不耐烦地打了晓星一下，又忧心地问，"小岚，你有信心能赢'嚣张女'吗？"

小岚终于把嘴里的苹果咽下去了，说："当然有！"

"那太好了！"晓晴这才放下心。

"我就说嘛，天下事难不倒小岚姐姐。真是瞎操心！"晓星朝姐姐撇了撇嘴。

晓晴这时满心欢喜，所以也没计较弟弟的"不敬"。她想了想，朝晓星摊着手，说："给我那枚铜钱，让我好

好瞧瞧这值七百万的东西,究竟好在哪里。"

晓星从背包里掏出一个精致的红色小盒子,交给晓晴:"小心点,别掉地上了。"

晓晴打开小盒子,那枚光绪元宝双龙寿字币,静静地躺在白色的绒布上。

晓晴拿出来,左看右看,上看下看,怎么看也不明白这东西怎么就值七百万了。

"小岚,这枚铜钱为什么价值这么高呢?真想不通。"

"古钱币可以让我们领略到古代的社会风情、文化,可以了解当时的经济状况。而光绪元宝双龙寿字币,因为现在全世界只有八枚,所以有很高的收藏价值。至于为什么价钱抬得这么高?嗯,这我也想不通呢!都是大人们闹的。"小岚耸耸肩。

晓星一把拿回晓晴手上的古铜钱,说:"姐姐,你别打这古铜钱的主意,把它卖了钱,去买你的漂亮衣服什么的。这古铜钱我是绝不卖的,我准备送给万卡哥哥收藏。"

"臭小孩,别把我看得那么贪心!"晓晴抬手要赏给

弟弟一个"炒栗子",吓得晓星缩在小岚身后。

这样玩玩闹闹的,不知不觉就到了朱朱国。飞机降落在朱朱国机场,三个人顺利地办好入境手续,取行李,之后坐了出租车,去小岚爸爸妈妈住的朗豪酒店。

这时已经是晚上十点半了,三人径直上了十九楼,找到了马仲元和赵敏住的一九零八房。

调皮的小岚事先没跟爸爸妈妈说她要来的事,准备给爸爸妈妈一个惊喜。

"叮咚——"小岚按响门铃。

"来啦。哪位?"是赵敏的声音。

三个小家伙没应声,只是躲到一边捂着嘴笑。

赵敏打开门一看:"咦,怎么没有人?"

这时,小岚突然跳出来,喊了一声:"妈妈!"

晓晴和晓星也跑了过去,喊着:"赵阿姨!"

赵敏瞠目结舌:"你、你们……"

这时马仲元听到动静,也走出来了。见到三个小家伙,也又惊又喜:"你们怎么来了?"

小岚笑着说:"想你们呀!"

赵敏搂着女儿，笑骂道："调皮！快从实招来。"

马仲元笑呵呵地说："快进来，进来再说。"

一行人进到房间坐下，马仲元给三个小家伙倒了果汁，坐下来听他们怎么说。

小岚喝了一大口果汁，把晓星怎么被拉希公主骗、他们怎么发现双龙钱币、拉希公主怎么不服气约她来鉴宝大会比拼，一五一十地说了。

赵敏捏了捏小岚的鼻子："真是个要强的小家伙！你就不怕输吗？"

小岚嚷嚷着："妈妈，别这样小看女儿，我的字典上，没有'输'这个字呢！"

马仲元说："小岚，你不能大意呀！我知道拉希公主对古董文物的鉴别颇有心得。由于朱朱国是翡翠玉的出产国，所以她对玉这一项尤其熟悉。如果比赛鉴石，你有可能不是她对手。"

晓星一听急了，他是最想小岚赢的人。这时听了马仲元的话，不禁十分担心："小岚姐姐，怎么办？不能输给那拉稀公主，你一定要赢！"

小岚信心满满地说:"你们别担心,我一定会赢的。爸爸妈妈之前教过我不少观察原石的方法,而这几年我又跟着宾罗伯伯,在乌莎努尔参加了多次鉴石活动,宾罗伯伯也说我聪明呢!还有,我最近还读了很多本有关鉴石的书,这次来还带了几本呢!这两天也可以看看,学学。虽然是临时抱佛脚,但也能帮到我。因为我是马小岚啊,天下事难不倒的马小岚,马小岚就是临时抱佛脚,也能抱成功。"

也奇怪,听小岚这么一说,大家都放心了。没办法,小岚是大家公认的小福星,什么问题到了她那里就不再是问题,肯定有一个圆满的结局。

大家不再担心小岚和拉希公主的比赛问题,马仲元和赵敏把三个孩子送到预订的十五楼的房间,那是拉希公主让大会接待部门给订的。那是一个大套间,里面有三间卧室,三个孩子每人睡一间。

赵敏一再督促小家伙们赶快洗洗睡了,说明天带他们去参加一个聚会。

原来,中国的专家到朱朱国的消息传开后,朱朱国的

一些华人收藏家都纷纷找上门来，希望专家们帮忙鉴定一些藏品。专家们便趁着明天大会未正式开始，搞了个鉴宝聚会，让华人收藏家把自己的古董珍藏带来，大家一起欣赏、鉴定。

见到小家伙们乖乖地洗好躺下，马仲元夫妇才放心地离开，回到自己房间。

9 古代留传下来的墨

第二天一大早,拉希让大会接待处把她们三人的名牌送到了朗豪酒店。小岚的是专家名牌,晓晴和晓星是陪同人员名牌。

送名牌来的工作人员,还带来了拉希一张字条,上面提醒小岚遵守承诺,别忘了她们的约定。鉴石比赛那天,务必准时到达会场。如果临阵退缩,就是胆小鬼、没用鬼……

晓星看了很生气:"把我小岚姐姐当什么人了,还怕她不成!"

晓晴哼了哼，说："这嚣张女自信心超标啊，她怎么就认定自己会赢呢？"

小岚无所谓地耸耸肩，说："晓星，替我看看，鉴石比赛在哪一天。"

"好！"晓星应了一声，马上打开大会日程表，看了看，"噢，是在开幕的第二天，即后天。"

"噢，那不如我们明天自己去玩好不好？后天才去会场。"

"好啊！"晓晴和晓星一致赞成。

三人和马仲元夫妇一起到餐厅吃过早餐，一行五人上了酒店五十八楼一个小会议室。

一进门，见到会议室中央摆着一张长长的桌子，上面摆了一列东西，东西都用轻薄的丝绸盖着，看不到是什么。

会议室的两边，摆了一些靠背椅和茶几，早到的十多位专家及收藏家坐在那里品茶聊天。

见到马仲元夫妇，认识的人都纷纷打招呼。有个六十多岁的女专家，发现了他们后面"三条小尾巴"，便笑

问:"马先生马太太,这三个可爱的孩子是谁呀?"

晓星又犯病了,他登登登跑到人们面前,自我介绍说:"爷爷奶奶们,叔叔阿姨们,你们好!我是英俊潇洒、风流倜傥、聪明伶俐、可爱单纯的晓星。"

小岚和晓晴听了,赶紧别过脸看天上的云,一副"我不认识他"的表情。

人们全都愣了,过了一会儿,才一齐哈哈大笑起来。有位戴着帽子的老伯伯边笑边说:"这孩子真可爱!"

马仲元也笑了,介绍说:"他是我女儿的朋友。"

他又拉着小岚和晓晴,说:"这是我女儿小岚,这是女儿的朋友晓晴。"

小岚和晓晴说:"爷爷奶奶叔叔阿姨好!"

几个奶奶异口同声夸道:"好漂亮的小姑娘!"

小岚和晓晴大大方方地表示感谢。

赵敏笑着说:"他们也喜欢古董,是来向各位学习的。"

"哇,好啊好啊,古董鉴赏后继有人了。"一位白头发的伯伯说。

这时又陆续来了些人，戴着帽子的老伯伯看样子是召集人，见人来得差不多了，便起身说："各位各位，开始了！"

赵敏小声告诉小岚："这位老伯伯叫钱守正，是这次中国代表团的团长，也是中国古玩界最资深的专家之一。大家都叫他钱老。"

小岚点头说："那我们称他钱伯伯好了。"

钱老继续说："首先欢迎今天来参加鉴宝雅聚的华人朋友。桌子上放的，都是华人朋友带来的藏品，有的是罕见珍宝，特地带来给我们欣赏的，有的是难以鉴定的物件，带来给大家一起探讨，鉴定真伪的。接下来，我们可以尽情交流经验，交换意见，反正随便点，畅所欲言，各抒己见。下面，我们就从左边第一件藏品开始鉴赏。"

人们都放下手中茶杯，走到桌子前面。左边第一件物品，同样是丝绸蒙着，但奇怪的是，丝绸下面只有小小的一点突起，窄窄长长的，不知是什么东西。

物品的主人是一位五十多岁的阿姨，她走过去，把蒙着珍品的丝绸一揭。原来，是一块磨墨用的墨锭。

古代留传下来的墨

小岚正盯着墨锭看,却听到身边有电话铃响,原来是爸爸的手机在响,便说:"爸爸,快接电话!"

"噢!"马仲元赶紧走到一边接听电话。

马仲元接完电话走过来,告诉赵敏:"富四海拍卖公司过几天准备在这里搞个大型拍卖会,希望我们过去帮忙鉴定几件古董。"

小岚知道爸爸和妈妈是这家国际性的拍卖公司的顾问,常常帮助他们鉴定即将拍卖的物品,免得把一些仿制品当真品拍卖出去,影响公司声誉。只是没想到来到朱朱国,他们也闲不下来。

爸爸妈妈好辛苦。小岚真有点心疼他们。

马仲元对小岚说:"你们就留在这里,听听长辈们怎么说,也学点知识。中午吃饭时如果我们还没回来,你们带上房卡,自己去楼下餐厅吃饭。"

"知道了。爸爸妈妈你们忙去吧!"

"叔叔阿姨放心,我们会乖的。"

"叔叔阿姨再见!"

马仲元夫妇离开后,小岚和晓晴、晓星便好奇地走去

看桌上那块墨锭。

"墨锭是用来干什么的?"晓星对那块黑乎乎、约三厘米宽二十厘米长的东西有点陌生,便问道。

"笨!"晓晴瞪了弟弟一眼,说,"你没见过宾罗伯伯写毛笔字吗?他写字用的墨汁,都是用墨锭磨出来的呀!"

"哦,我记起来了!"晓星一拍脑袋,"咦,怎么,这写字用的墨锭也有人收藏呀?"

小岚说:"你别小看这墨锭。墨是中国传统书写工具,在没有钢笔、圆珠笔之前,人们都是用毛笔写字画画的,对中国的文化艺术传承起过重要作用。也因为有了墨,才有了印刷术的发明,对文化传播贡献巨大。"

晓星边听边点头:"哦,我明白了。"

小岚继续说:"好的古墨集诗、书、画、印、雕刻、造型艺术和制墨工艺于一身,有实用性又有观赏性,很有收藏价值的。"

晓晴眼珠骨碌碌转了转,说:"小岚,我们以后也买些古墨收藏,好不好。"

古代留传下来的墨

"哪有那么容易买到!"小岚摇摇头,"留传下来的古墨很少,收藏难度很大。因古墨是很难长时间保存的,唐朝末年的墨已很罕见,明朝的墨也不多,留到现代的,多是清朝的墨。清朝留下来的墨以徽墨最为著名。"

"呵呵,小姑娘,不错,不错,对古墨了解挺多的。"旁边有人笑呵呵地说。

小岚一看,原来是钱守正伯伯。她大方地说:"钱伯伯,都是爸爸妈妈告诉我的,我记性好记住了。还请伯伯多多指教。"

钱伯伯说:"我考考你,墨分多少种?"

小岚想也不用想,说道:"墨分为松烟墨、油烟墨、油松墨、五彩墨等,不过,比较常见的是松烟墨和油烟墨。"

钱伯伯拿起桌上那块墨锭,放到小岚手上,说:"你说说对这块墨的感觉。"

"这墨锭颜色黑中带紫,色感厚重,放在手上沉甸甸的,坚如玉石,质地细腻,闻起来有一种淡淡的香气。是一块名副其实的古墨。"小岚一边看一边说,"还有,这

是一块御墨，即古时候皇帝自己写字用的墨。看这里写有字——'永乐国宝'，是明朝永乐年间皇帝用的墨。这类御墨流传下来的极少，是一块很珍贵的很值得收藏的古墨。"

"说得好！"

"小姑娘真厉害！"

专家们都朝小岚竖起大拇指。那位女士——墨锭的主人，听了小岚的话也十分高兴。

"大家别夸赞我，我会骄傲的。"小岚笑着说。

"哈哈哈……"大家都笑了起来。

突然，进来一阵不和谐的声音："噢，好多人啊！本公主也来凑凑热闹。"

是谁在一帮老专家面前这么大大咧咧的？小岚回头一看，竟然是拉希公主。

钱老笑着说："原来是公主殿下呀，欢迎啊！听说你在古玩收藏方面很有心得，一块儿探讨探讨。"

"好啊！"拉希一点儿也不客气。

这时拉希注意到了小岚几个人，不由得睁大眼睛：

古代留传下来的墨

"你们怎么在这儿?"

晓星撇撇嘴说:"我们怎么不能在这儿,我小岚姐姐,是个鉴宝高手呢!"

钱老笑着说:"是呀,小岚很厉害呢!"

拉希一脸不高兴,把头一扭,心想,等会儿一定要露一手,让你们看看什么才是真正的高手。

 画中有画

开始鉴第二件藏品了。

绸布一揭开,露出一个卷轴。藏品主人刘教授把卷轴在桌上慢慢摊开,露出一幅国画:"这是我一个老朋友的藏品。老朋友上月去世了,他的儿子并不喜欢收藏,所以前几天搞了一个小型拍卖会,把他父亲的所有藏品都拿出来拍卖了。我本来就打算保留老朋友一些藏品以留作纪念,但因为收到消息太迟,当我赶去会场时,所有藏品都拍走了,只剩下几件人们不看好、认为是很明显的仿制品孤零零地留在那里,其中就包括这幅《椿树双雀图》。今

画中有画

天拿来请各位专家看看,鉴别一下真假。"

拉希心想,这回该轮到我一显身手了,看你这小妞还敢不敢以高手自居。

"请让让,我来看看。"她毫不客气地把专家们挤开,自己站到了国画面前。

"唐伯虎的《椿树双雀图》?"拉希一看,便嗤一声笑了,一脸的不屑,"这画是假的,有人按原图临摹出来的!"

刘教授有点不高兴,说:"拉希公主为什么一看就说是假的呢?"

拉希一脸的鄙视:"因为据我所知,《椿树双雀图》一直收藏在黑森国博物馆。"

这时,刘教授说:"这不能作为真假的凭证,博物馆有时也会看走眼,收进了仿制品。"

拉希哼了一声说:"废话!我眼睛可没瞎,不会连这都看不出来。你们看,这树上的两只雀鸟,呆头呆脑的,一点也不生动。还有,树也画得很死板生硬,缺乏灵性。这画分明是一些二三流画家临摹唐伯虎的画,去哄骗一些附庸风雅但又没有鉴赏能力的人。"

刘教授气坏了，拉希的话未免太不客气，这不是说他附庸风雅又没有鉴赏能力吗？

这时有人说："拉希，我看你有可能真是瞎了眼呢！"

拉希一听大怒，谁这么大胆，竟敢挑战我的眼光，说我瞎。

她转头找是谁在说话，却看到了一双充满嘲笑的眼睛。

"怎么又是你！"拉希气不打一处来。

说话的人是小岚。对那幅画，小岚本来有点自己的看法，只是看见拉希争着去鉴别，就懒得说话，小岚也不是好出风头的人。但见到拉希对老人家这样没礼貌，忍不住刺了她一句。

"就是我，怎么样？！"小岚毫不相让。

"好啊，我倒想听听你的'高见'，你该不会认为，这幅真的是唐伯虎画的一幅古画吧！"拉希毫不掩饰她的轻蔑。

"我认为不排除这个可能。"小岚直视拉希的眼睛。

"哈哈，笑死人了！"拉希仰脸大笑，又说，"这样的眼光，还想在古玩界混。看来，我会在鉴石比赛中胜

出,简直是毫无悬念了。"

小岚一副无所谓的样子:"是吗?那我很遗憾地告诉你,你高兴得太早了。"

拉希还想说什么,钱老抬手制止了她,又说:"我现在倒想听听小岚小友的意见,想知道她为什么觉得这幅画有可能是古画。"

"既然老前辈想听,那我就说说自己的意见,希望前辈指正。我认为这幅画是真的。第一,是因为这画的轴首用的是名贵的檀木,价值不菲。如果是幅假画,我想造假的人绝不会用这么名贵的木头做轴杆的。"

专家们听得不住点头,刘教授脸上,更是露出了欣喜。晓晴晓星就眼里冒着粉红泡泡,一脸的崇拜。

只有拉希,两眼死死盯着那画的轴杆。真该死,怎么会这么大意,忽略了这点呢!

小岚继续说:"第二,这画的装裱技巧很高,应是由高手装裱的。不久前,我曾跟爸爸妈妈一起,欣赏过一幅古画,古画是由明代的四大装裱高手之一——李云飞装裱的。李云飞的装裱手法,被称作'李装'。爸爸告诉

我,'李装'的特点是装裱工艺独特、技术高超、用料讲究。卷轴平挺柔软,整体格调清雅洁净,还十分注意色彩搭配,力求做到与书画作品协调。我看这幅画的装裱,很像李云飞的风格。我想,以李云飞这样一位装裱大师,怎么会花那么大的精力,去装裱一幅拙劣的仿冒画作呢!所以,我认为这幅画,并不是有人嘴里说的假画。"

刘教授听到这里,使劲鼓起掌来:"小岚小友了不起,了不起!一下子就找到重点了。说实话,我当时也被这画技蒙骗了,觉得这幅是假画。之所以买了,只是想留作对老朋友的一点念想。但买回家后,又觉得以我老朋友的眼光,是绝对不会收藏一幅没价值的画的。所以才拿来,让各位专家看看,弄个明白。小岚这么一说,我也觉得事有蹊跷。"

钱老和几位专家都很有兴趣地围了过去,打量起画来。钱老首先发现了什么,暗暗点头。他转头看看小岚,见她一脸自信的笑容,便说:"小岚,我猜你心目中已经有一个结论,可以说说吗?"

其他专家也都一脸慈爱,用欣赏的目光看着小岚,想

听听她的意见。

小岚也不推辞,大胆地说出自己的猜测:"以前爸爸妈妈就跟我说过,古玩界曾发生过很多宗画中画的逸事。据我观察,这画的纸比一般的国画都要厚,我大胆地推测,这可能是一幅画中画。"

专家们只觉眼前一亮,在云里雾里找到了方向。这就可以解释道,一幅笔法拙劣的画为什么用了这么好的材料和装裱了。因为这些优质材料和装裱,是为那幅被盖着的画服务的。

钱老一拍大腿说:"有可能!"

晓星好奇地问钱老:"什么叫作画中画?"

钱老说:"画中画,就是人们出于某种原因,把一幅劣画盖在一幅名画上面,这就叫画中画。"

刘教授高兴得手也抖了。因为如果小岚说的是真的,那他不光可以得到一幅名画,而更重要的是,可以教训一下那个目中无人的拉希公主。

拉希见到这么多人支持小岚的想法,感到不可理喻,生气地说:"不会吧,你们竟然信她的话?"

"这事就让事实来证明吧!要想知道是不是画中画其实并不难,我们代表团的专家中,就有一位揭画高手。"这时钱老朝一个胖身材的代表团成员说,"丁龄先生,能帮这个忙吗?"

那位胖得很慈祥的叔叔点头说:"很乐意效劳。"

丁先生列了一张单子,请一名工作人员去买些揭画用的东西,送去他的房间,然后和刘教授一起,带着那幅《椿树双雀图》去他酒店的房间了。

揭画是一件很精细的技术工作,所以不适宜在会议室进行。

开始鉴别下一件文物了。那是一件精致的黄杨木雕,说也奇怪,当蒙着木雕的绸布一揭开时,所有人的目光都望向小岚,仿佛都在等她发表看法,弄得小岚都有点不好意思了。要知道,这里的专家每个都比她资格老啊!

她有点不好意思地说:"不好意思,你们先研究,我有个电话要打。"

小岚说完就钻出了人群,晓晴和晓星也跟着她走出来了。三个人走到一张茶几前坐了下来。

一个工作人员捧着一个茶盘,端来三杯热腾腾香喷喷的茶,给小岚他们三人一人一杯。

小岚端起一杯茶,放在鼻子下闻了闻,点头说道:"西湖龙井?没想到,在中国以外,还可以品尝到这么正宗的中国名茶。"

西湖龙井本是一个地名,也是一个泉名,而现在主要是指茶名。西湖龙井以"色绿、香郁、味醇、形美"著称。

晓星也学着小岚的样子端起一杯茶,使劲闻了闻,他看看手里透明的玻璃杯,说:"可惜这茶杯不正宗呢!喝茶不是要用古色古香的带盖的小杯子的吗?"

小岚摇摇头:"带盖的小杯子,那叫盖碗。用盖碗的好处是能保持茶香。但冲泡龙井茶时,很多人更喜欢用玻璃杯。隔着透明的玻璃,观赏着茶叶在杯中逐渐伸展,上下浮沉,而色泽也越来越碧绿,真可以说是一种艺术享受。"

晓星举起杯子左看右看,点头说:"啊,真的很好看呢!"

画中有画

晓晴用肩膀碰碰小岚,说:"你看看那边。"

顺着晓晴的目光看去,小岚见到拉希一个人坐在角落里,噘着嘴,脸黑黑的,不知道在想些什么。

"嘻嘻,还没正式开始比赛呢,她就一次次输给小岚姐姐了。现在肯定是不痛快。活该,活该!"晓星幸灾乐祸的。

"小岚,我们过去'恭喜'一下她好不好?"晓晴提议。

小岚摇摇头说:"算了,别再刺激她了。她这时可能在自我反省呢!"

善良的小岚把拉希想得太好了。

拉希是从不会反省自己的,在她心目中:错都是别人的,对是自己的,她就是天才的永远正确的拉希公主。

这时,她心里正在狠狠地骂小岚呢:哼,这马小岚总跟自己作对,气死本公主了。希望画揭开后,根本没有什么画中画,到时看你怎么办?一定是没脸见人了,肯定难堪到想要挖个洞把自己埋起来吧!哼,到时我要再踩上一脚,让你永世不得翻身,让你知道得罪本公主是没有好下

场的。

过了大半个小时,刘教授喜笑颜开地回来了,他拍拍手,大声说:"各位,宣布一个好消息。丁专家已经把画揭开了,小岚小友说得很对,劣画果然覆盖着一幅古画,经丁先生鉴定,那才是唐伯虎真正的《椿树双雀图》……"

"哗……"马上响起了热烈的掌声。

"太好了,那可是千古奇珍啊!"

"小岚真厉害,马仲元先生教出了这么优秀的女儿,真令人羡慕啊!"

"虎父无犬女嘛!"

"那就说明在黑森国博物馆那幅是假的了……"

人们都显得十分兴奋。只有拉希一脸的不高兴,把脚一跺走出了会议室。

"马小岚,别高兴得太早了,鉴石大赛我一定能赢你,等着做我的手下败将吧!到时我要你丢尽面子。"她咬牙切齿地想着。

 ## 我是个天才宝宝

"喂,大懒虫,起床了!"小岚把一个枕头扔到晓星身上。

"唔,好困啊,让我再睡一会儿。"晓星转了个身,又想睡。

晓晴拿来一条用冰水浸过的毛巾,一把捂到晓星脸上。

"冷!"晓星大喊一声,坐了起来,"你想谋杀亲弟弟吗?"

晓晴哈哈大笑:"谁叫你这么懒,都九点多了,还不

起床。"

"呜呜呜,难得不用上学,让人睡睡懒觉嘛。"晓星用手揉着眼睛装哭。

小岚敲了他脑袋一下,说:"别装了,再不起来,我就跟晓晴出去,不管你了。"

"别别别,我起来我起来。"晓星一听小岚说扔下他不管,赶紧起来。

吃完早餐,三个人走出酒店,晓星说:"小岚姐姐,我们去哪里玩?"

小岚想了想,说:"听爸爸说这附近有一条由华人经营的中华古董街,里面售卖的大多数是中国的古玩古董。我们不如去逛逛,看看有什么好东西。"

晓晴说:"好啊,逛完古董街就去逛服装店。"

晓星说:"逛完服装店就去吃好吃的。"

小岚点点头:"好,就这样定了。"

三个人悠悠闲闲地走在大街上,问了一个路人,原来下一条街就是古董街。

走了不到十分钟,目的地就到了,大街的两边有不少

店铺。小岚兴致勃勃地走进第一间店，店内货品琳琅满目，其中最多的是一幅幅挂在墙上的画。

小岚走向挂画的地方，发现中国和外国的画都有。左边墙上挂着中国画，各朝代的都有，名人的画也很多，可惜一看就知道是现代人临摹的作品，有的甚至是现代的印刷品。

再看看摆着的瓷器，都是现代作品，不是古董，小岚不禁十分失望，她就是想在朱朱国捡捡漏，看能不能买到一些流失在国外的中国文物。

不想浪费时间，小岚他们三人走出了这家店铺。

接着又去了几家店铺，但情况跟第一家差不多，里面都是一些现代制造的东西，没有一家是真正的古玩店。

"小岚姐姐你看，那家店的名字叫作'真古董'，应该是卖古董的吧！我们进去看看。"晓星说着，带头走进了那家商店。

小岚一看就知道不对头了，这店里的东西，全是造假的东西。在货品上糊点泥就说是出土文物，弄出点锈迹就说是几百年几千年的旧物，专门糊弄一些没经验的人的。

"走吧,都是些假东西。"小岚郁闷地叫晓晴姐弟离开。

正当小岚十分失望的时候,忽然见到前面一家写着《古意盎然》的商店。

小岚心想这名字不错,再给自己一次机会,进去看看吧!于是招呼晓晴晓星一同走了进去。

几个店员在整理货品,看样子是刚开门营业,还没有顾客。见到小岚他们进来,一个老板模样的伯伯,微笑着说:"欢迎光临。请随便看。"

小岚笑着点头回应。

这家店的商品主要是瓷器,陶瓷茶具、陶瓷花瓶、陶瓷人物和动物,琳琅满目。单从表面看,每件商品都非常漂亮。

晓晴拉拉小岚的手,小声说:"小岚,别又是些假古董吧?"

小岚边逛边说:"得仔细看看才能下结论。"

晓星一边看一边问:"小岚姐姐,瓷器是中国人发明的,是吗?"

小岚说:"没错。中国是瓷器的故乡,瓷器的发明是中国人对世界文明的伟大贡献。"

晓晴想起了什么,说:"哦,怪不得英文中'瓷器'这个单词,和'中国'一词的拼法是一样的。这说明中国瓷器的精美绝伦,完全可以作为中国的代表。"

"瓷器是什么时候开始出现的?"晓星问。

小岚想了想,说:"大约是商代中期,中国就出现了早期的瓷器。"

晓晴十分惊讶:"啊,那有三千多年了。"

"三千多年,果然很遥远的年代。"晓星又好奇地问,"小岚姐姐,怎样才能辨别哪些是古董瓷器,哪些是现代瓷器呢?"

小岚回忆着:"记得爸爸妈妈在教我鉴别的时候,拿来了一堆明朝的碎瓷片,还有一堆现代的瓷碗碎片,把两者加以比较。两者真的有很显著的不同。明朝的瓷片,油光滑亮的,很有光泽,爸爸说,这就是民间常说的古董特有的'宝光'。而现代瓷片的光泽就较为呆板,没有油亮亮的感觉。"

"噢，我明白了！"晓星兴奋地指着货架上一个陶瓷笔筒，"小岚姐姐你看，这个笔筒油亮亮的，一定是古董！"

小岚还没回答，旁边整理货架的老伯伯就笑了起来："小朋友，这个笔筒的确是康熙年代的青花瓷。"

晓星大喜："真的？！哈哈，我真是个天才宝宝呢，一眼就看出这是个古董了。"

"嗤，谁不会呀！"晓晴随手指指货架上一个白胡子寿星像，说，"这个就是古董。老板，是不是？"

老板笑眯眯地说："是的。"

正在得意地笑着的晓星，顿时愣了，他怏怏地说："姐姐，你、你怎么看出来的？是瞎猫碰上死耗子吧？"

"不啊，我还知道其他古董。"晓晴指指这个，指指那个，对老板说，"这个是，那个是，那个也是，老板，对吧？"

老板点头说："对啊！"

晓星目瞪口呆地看着自己姐姐，她什么时候变得这么厉害了？

"哈哈哈……"小岚忍不住大笑起来,她敲了晓星脑瓜一下,"笨蛋,晓晴逗你玩呢!你看那上面写着什么。"

晓星顺着小岚手指的地方看去,不禁恍然大悟,原来货架上方,粘着一块古色古香的木牌子,上面用毛笔字写着"中国明清古瓷"。

这架子上全都是古瓷器,根本就不用鉴别。

"好你个姐姐,捉弄我。"晓星恼羞成怒,追着晓晴要打。

晓晴哈哈笑着,在商店里兜圈圈。

小岚喊道:"喂喂喂,多大啦,还闹!小心碰坏了店里的东西,那可是动辄几万甚至几百万的啊!到时我可没钱替你们赔,你们就留在这里打一辈子工偿还好了!"

晓晴和晓星马上不敢闹了,乖乖站住,连大气也不敢出,仿佛呼吸也会吹倒那些瓷器似的。虽然这次出国,爸爸妈妈分别给了他们每人几千块钱零用,但几千块钱肯定不够赔啊,要是打破了东西,还真的要留下打一辈子工呢!

晓星发现他们正站在卖玉器的柜台前,便凑上去看,给自己买一块玉不错啊!看那些古装电视剧,那些人不都喜欢挂一块玉佩在身上吗?要是自己也挂一块,一定更英俊潇洒,玉树临风,翩翩小公子一枚。

"小岚姐姐快来,我想买块玉佩,你替我看看,出出主意。"晓星这回不敢充天才宝宝了。

小岚走了过去,晓星指着一块圆圆的玉玦,说:"这块好不好?"

小岚看了看,那块玉晶莹剔透,说:"好是好,但就是太贵了。"

晓星说:"不贵啊!才两千多元,我有钱。"

晓晴过来看了一眼,说:"我说弟弟,你没带眼睛出来吗?两千元?你甭想!"

晓星说:"怎么啦,我怎么没带眼睛?就两千……咦!"

晓星这才发现,他少看了一个零,是两万块。

小岚指指另一边,写着"工艺品"的货架,说:"买那套茶具吧,一千五百元,你的钱足够买了!买回去送你爸爸妈妈。虽然是现代的陶瓷,但是景德镇制造的,很不

错,叔叔阿姨肯定喜欢。"

晓晴听了点头说:"我家也有一套景德镇制造的碗,妈妈可宝贝呢,平常都舍不得用。"

晓星一副好学宝宝模样,问道:"景德镇的瓷器很厉害的吗?"

"当然!书上说,景德镇陶瓷有四个特点,白如玉,明如镜,薄如纸,声如磬。白如玉,是说景德镇陶瓷的颜色像白玉一样洁白无瑕,美不可言。明如镜,是说它表面光滑细腻,给人一种水中明月的感觉。薄如纸,便是说它的瓷壁很薄,就如薄薄的纸张,给人一种玲珑剔透的感觉。声如磬,是说把它轻轻地敲一下,就能听到清脆悦耳的声音,就像乐器奏出的美妙曲子。"

"啊,那我一定要买了,爸爸一定喜欢。"晓星风风火火地朝老板喊,"老板伯伯,我要买这套茶具!"

"好的。请等等!"老板正在招呼一位牵着个小男孩的年轻人,听见晓星喊他,便对年轻人说,"先生,您慢慢看,我去去就来。"

老板又喊来一个店员:"阿水,你招呼一下这位

先生。"

老板走到晓星身边,问:"小朋友想买什么?"

"我想买这套茶具。"晓星指指架子上的茶具。

"景德镇茶具,小朋友真会挑。"老板从架子上小心翼翼地把茶具拿了下来。

晓星拿起一只杯子,仔细瞧瞧,果然像小岚说的那样洁白光滑,瓷壁很薄,便点头说:"果然不错。"

又对老板说:"老板伯伯,茶具我要了……"

"好的,谢谢。一千五百元。"

这边正在收钱,却突然听到"哐当"一声脆响。

大家都吓了一大跳,转头一看……

"天哪!"老板大叫一声,目瞪口呆。

究竟发生了什么事?

 古董花瓶里的简体字

一个七八岁的小男孩,惶恐不安地站在一堆瓷片面前。

"小晖,都叫你别乱动这里的东西。看,把东西打破了。"年轻男人吃惊地看看儿子,又看看一地的碎瓷片。

小男孩知道自己闯祸了,吓得脸色煞白,嘴一扁,哭了起来:"我只是看它漂亮,想摸一下——爸爸,我以后不敢了。"

"别哭了,爸爸替你赔。"年轻的爸爸见到儿子这样,不忍心再骂他。

老板走了过来，皱着眉头看着地上的碎片。虽然摔成了很多片，但仍然可以看出，这是一个颜色殷红透亮，十分漂亮的花瓶。

年轻爸爸给儿子擦好眼泪，好言安慰了几句，便对老板说："对不起，打破了您的东西。我赔给您。"

年轻爸爸说着，从裤袋里掏出钱包，打开拿了几张千元钞票："多少钱？五千？够不够？"

老板没作声，他弯腰从碎片中捡起一块价目牌，递给年轻爸爸。

"五百……"年轻爸爸大吃一惊，他用手擦擦眼睛，又再仔细看价目牌。

他的脸色顿时变得惨白。抬眼看看老板，声音颤抖着："这东西卖五百八十万？"

老板一脸的凝重，说："是。这是中国清朝乾隆时代的祭红釉梅瓶，是有人放在这里寄卖的。这价是委托人定的。"

年轻爸爸似是努力按捺着慌乱的神色，问道："太荒唐了吧，只是一个小花瓶而已。"

老板说:"不,清朝乾隆时代的祭红釉梅瓶,真的值这个价。"

老板见年轻爸爸还是一脸的不可置信,便说:"祭红是中国传统陶瓷最难烧制的珍贵品种,它的材料中含有宝石粉末,经过一千三百多度的高温烧制后,呈现无比美丽的红色,所以祭红也称为'宝石红'。因制造用的原料昂贵,工艺复杂,烧成温度要求高,所以产量很少,而流传下来的就更为罕有了。所以,这个价,并不高。"

年轻爸爸也是对古董有点认识的人,知道老板没有骗他,顿时心变凉,眼发黑。他只是一个打工族,家里六口人靠他一个人的收入过日子。今天来古董店也不是准备买什么,他并没有多余的钱去买这些奢侈品,只是看到东西漂亮进来饱饱眼福,没想到儿子闯下了弥天大祸。

五百八十万,就是全家不吃不喝,也要自己几十年的薪酬才能偿还。

小男孩看到爸爸变得惨白的脸,问道;"要赔很多很多钱吗?我们家是不是没那么多钱?"

"我们……"爸爸摸摸小男孩的头,喉咙哽咽了一

古董花瓶里的简体字

下,没再说下去。

老板有点看不下去了,低声说:"不好意思,我们也有不对,这花瓶贵重,本来应该放到玻璃柜里的,只是刚拿出来,又忙于接待客人,一时未放好。但是我也得给委托人一个交代,这样吧,我们负责赔八十万,你就赔个整数,五百万吧!"

五百万,仍然难以负担啊!年轻爸爸一脸苦笑。

"爸爸,都是我不好。"小男孩说完又对老板说,"伯伯,我爸爸没那么多钱,我来这里给您打工还债吧!行不?"

老板看着懂事的小孩子,不知怎么办才好。

年轻爸爸眼冒泪花,说:"傻孩子,爸爸有办法的,你别担心。"

晓星走过来,把自己口袋里的几千块钱全掏出来,塞到年轻爸爸手里:"叔叔,这钱给您。"

又对老板说:"伯伯,对不起,茶具我不买了。"

晓晴也打开小手袋,把打算逛时装店买衣服的钱拿出来:"叔叔,给您。"

年轻爸爸连忙说:"不用不用,谢谢你们了,我不可以要你们的钱。"

小岚一直站在旁边,盯着地上的碎片看,开始是为那个漂亮的古董花瓶惋惜,后来却因为发现了些什么。这时,她弯下腰,捡起了一块花瓶碎片,凑近眼睛看着。

她脸上浮现了笑容,对年轻爸爸说:"叔叔,别着急,这花瓶您赔得起。"

年轻爸爸愣了愣,不知道这女孩的话是什么意思。

小岚又对老板说:"老板伯伯,这花瓶并非古董,所以不值五百多万。它只是一件现代仿造的瓷器,顶多几百块钱。"

老板一听,眼睛瞪得溜圆:"小朋友,你别信口开河。这花瓶是请专家鉴定过的,的确是清朝乾隆时代的祭红釉梅瓶。"

小岚说:"其实我刚进来时,也看到过这花瓶,见它颜色典雅美丽,真的很像祭红瓶,但刚刚我发现自己看走眼了。说它是现代仿品,我是有证据的。"

小岚把手里的碎瓷片递给老板:"您看看这上面有

古董花瓶里的简体字

什么。"

老板狐疑地接过碎瓷片,戴上老花镜,看着碎片那殷红的一面:"有什么,没什么啊!"

小岚伸出手,把那块瓷片翻到另一面,即花瓶内里的那一面:"看这面。"

老板只看了一眼,就像见鬼似的,马上瞠目结舌,呆在当场:"啊,这怎么可能!"

"怎么啦?瓷片上有什么?"晓晴和晓星赶紧凑过来。

晓星马上发挥他的奇思妙想:"瓷片上画了个小熊维尼吗?"

"杨?"晓晴先一步看到了瓷片上的字,"怎么花瓶里会有字。哦,我明白了,这应该是制造花瓶的人,把自己的姓刻在瓶子里面吧。但这能说明什么问题呢?"

晓晴眨着眼睛,一脸的困惑,不知道老板震惊什么。

小岚看了她一眼,说:"当然有问题了,这个'杨'字是简体字,如果这花瓶是清代的古董,怎会有简体字呢?中国是在一九五六年才开始使用简体字的呢!"

"啊!"晓晴明白了,"那就说明这不是古董,这花

瓶是一九五六年以后，才烧制出来的！"

"对，这个简体字，就可以证明这花瓶是仿品。"小岚又对老板说，"老板伯伯，我说得没错吧！"

老板从震惊中清醒过来，苦笑着说："小姑娘，我经营古董店也有几十年了，第一次看走了眼，要不是这孩子不小心把花瓶打破了，让这仿制品露出破绽，我就等于是售卖假货，欺骗顾客了。"

晓星气愤地说："老板伯伯，您那朋友好坏，拿个仿品充古董，连您也骗了。"

"我朋友不是这样的人，说不定，连他也不知道这花瓶是现代仿品。"老板说着，又吩咐一个店员，"你拿个盒子来，把所有碎片都捡起来放好，一片都不能遗漏。"

他又对小岚说："谢谢你，小姑娘。等会儿我就拿一块碎片去陶瓷研究所检验，等报告出了，我就把事情告诉朋友。"

晓星高兴地对小男孩说："小弟弟，好了，你们不用赔那么多钱了。"

"真的？！"小男孩开心地摇着爸爸的手，"爸爸，

哥哥说的是真的吗?"

年轻爸爸真不相信自己的好运气,看着老板,说:"老板,这事……"

老板抱歉地说:"现在几乎可以确定,您孩子打破的只是一件现代仿制品。刚才吓到您了,真对不起。"

年轻爸爸连忙说:"是我们不对在先,不管是不是古董,我们弄坏店里的东西是事实。"

老板说:"现代仿制品只能算是工艺品,不会很值钱,这样吧,不用您赔了。您小孩也不是故意的。"

年轻爸爸想了想,从口袋里掏出一张名片,说:"钱是一定要赔的。我姓文,这是我的名片,上面有姓名电话和工作的机构地址。等化验有了结果,您就跟朋友商量一下,作为工艺品这花瓶要多少钱。到时麻烦您打个电话给我,我把钱送来。"

姓文的年轻爸爸把名片塞到老板手里,又转身对小岚深深一鞠躬,说:"小姑娘,我不知道该怎么谢你。要不是你,我就得背上可能一辈子也还不清的债了。"

见到年轻爸爸向自己鞠躬,小岚赶紧避开了,说:

"举手之劳,不用客气。"

小男孩从口袋里拿出一个弹弹球,说:"姐姐,谢谢你帮了我们,这弹弹球送给你。"

小岚接过弹弹球,说:"哇,姐姐好喜欢这礼物啊!嗯,就算谢过我了。"

晓星看着小岚一脸崇拜:"小岚姐姐,你真是个小福星啊!去古董店逛逛都能给人带来福气。"

 话说翡翠

"小岚姐姐,起床了!"天刚亮,房间就被人拍得震天响,不用问,这又是晓星干的好事。

小岚用被子捂住耳朵,继续睡,但仍挡不住敲门声骚扰,只好气呼呼地爬起床,走去开门:"干吗呀!臭小孩儿!"

隔壁房间的晓晴也被吵得走了出来,大嚷:"扰人清梦,罪大恶极!"

于是,在早晨温暖的阳光照耀下,朗豪酒店发生了

一宗打人案,两个女孩结结实实地把"肇事"男孩揍了一顿。

"呜呜……"晓星好不容易从姐姐们的魔爪下逃了出来,装模作样地擦着不存在的眼泪博同情。

可惜,没有人可怜他,姐姐们自顾自去洗脸刷牙了。

晓星无奈,只好自己站在落地窗前的阳光下,顾影自怜。宝宝好可怜,宝宝让姐姐们欺负了。

一会儿,姐姐们洗漱完毕出来了,晓星呲着大白牙凑上去,讨好地说:"哇,姐姐们今天特别美。"

晓晴挥挥手,说:"去去去,哪儿来的苍蝇。"

晓星委屈地说:"都揍了人家一顿了,还不肯原谅啊!我只不过是着急,怕小岚姐姐来不及起床,把参加鉴石比赛的时间错过了。"

"算了算了,饶你不死,吃早餐去!"小岚大度地一挥手。

"谢谢小岚姐姐!"晓星一听,笑得嘴巴都快咧到耳朵根儿了,又讨好地跑前几步,替小岚拉开大门,"小岚姐姐,请——"

话说翡翠

到了酒店餐厅,刚坐下一会儿,马仲元和赵敏就来了。

赵敏摸着小岚的头,说:"怎么样,有信心赢拉希公主吗?"

小岚点点头,说:"当然有。妈妈,等着听我的好消息吧!"

晓星对小岚从来都是无比信赖,他在旁边拼命点头:"是呀,赵阿姨,您就大大的放心,万卡哥哥说小岚姐姐是小福星呢!"

晓晴问马仲元:"马叔叔,您跟赵阿姨也参加鉴石比赛吗?"

"每次鉴石比赛都会有奖励,好处总不能都让我们家拿了。所以,我跟你们赵阿姨都不打算参加。"马仲元说完,哈哈大笑起来。

"哇,原来小岚姐姐的自信是马叔叔遗传的。"晓星大惊小怪地说。

"哈哈哈……"大家都开心地笑了起来。

在愉快的气氛中吃完早餐,又到酒店楼下的小花园散

了一会儿步,一行人便走到酒店大门口。今天的鉴石比赛场地,设在位于市郊的国家矿藏开采公司原石贮藏库,所以大会特意派来了几辆旅游车,送专家们去目的地。

马仲元说,这次参加鉴石比赛的有二十人,即每个参加大会的国家都选派一人参赛。中国代表团派了一位叫柳云亭的中年专家参赛。

据说这次参赛的都是一些行内新人、中青年专家。本来一些年纪大、资历深的专家,经验丰富,更有希望取得好成绩,但他们都愿意给年轻人多点机会,所以都主动放弃了。

小岚的名额是因朱朱国公主的提议而临时增加的,没有占用中国代表团的名额。这次参赛者里小岚年龄最小,拉希比她还大。

不过,没有参赛的人也上了旅游车,等会儿参赛者选石的时候,他们会去参观附近一个玉矿场;下午的解石及评分,他们就去现场观看并作见证。

小岚一上车就见到了先前参加鉴宝雅聚的中国专家们,他们一见到小岚三个孩子就很开心,纷纷跟他们打

招呼。

"小岚,昨天怎么没见你们来参加开幕式呀?"

"晓星,你今天好帅啊!真是风流倜傥玉树临风呢!"

"晓晴今天打扮得好漂亮哟!"

大人们七嘴八舌的,弄得小岚他们都不知回应谁好。

"小岚,听说你也参加今天的鉴石比赛?"有个叔叔问。

小岚点点头,说:"是呀。"

大家又给小岚打气:

"小岚,你一定行!"

"小岚,我看好你!"

"小岚,预祝你取得好成绩……"

"谢谢啦,我会努力的!"小岚回应着。

车厢里热闹极了。

车子开动了,人来疯的晓星嘴巴一直没停过,又是给爷爷奶奶叔叔阿姨们唱歌,又是说故事,又是讲笑话,又是出智力题,逗得大家乐个不停。

一个多小时后,目的地——国家矿藏开采公司总部大

楼到了。参赛者都在这里下了车,因为比赛就在这里进行。其他人就继续坐车,去玉矿场参观。

晓星和晓晴当然是下了车陪小岚了。晓星看着载着马叔叔和赵阿姨的车子远去,很是遗憾,说:"如果叔叔阿姨能留在这里就好了,真希望他们能在鉴石比赛中帮帮你呢!"

小岚给他脑袋送了一颗"炒栗子":"我爸爸妈妈会作弊吗?他们肯我也不干。"

晓星脖子一缩,嘿嘿笑着。

国家矿藏开采公司由政府所有,公司的原石贮藏库很大,它储存了全国五分之一的玉原石。

走进贮藏库,只见原石太多了,有堆在地上的,有放在木架上的,每块原石大的大到像座小山,小的只有小朋友的拳头大小,不过,看上去全部都灰不溜秋的,真不知道它里面藏着什么。

"小岚姐姐,这些就是翡翠原石吗?怎么看上去就是石头一块?"晓星问。

小岚点点头,说:"翡翠是玉石的一种,它往往有外壳

话说翡翠

包着,所以是没办法看到里面的玉石的,即使现在科学技术这么发达,还没有发明出一种仪器能透过这层外壳探测到内里的情况。所以,当人们把原石解剖开后,大多时候只是废石一块,或者只含有一点点劣质的价值不大的玉料。"

"小岚,这些翡翠原石是从哪里来的?"晓晴好奇地问。

小岚说:"翡翠的原石有两种:山料和仔料。山料是从山上直接开采出来的;仔料其实是翡翠玉原石在地壳运动中,被大自然的力量击碎后滚下山坡,被洪水或河水带入山沟或河流中形成的卵石。"

"翡翠,翡翠……"晓星念了几遍,又问,"我记得好像有一种鸟的名字就叫翡翠,为什么给这种玉起了一个鸟的名字?"

小岚说:"翡翠玉的名字就是来源于翡翠鸟。翡翠鸟的羽毛颜色非常漂亮,雄鸟的羽毛是红色的,称为'翡',雌鸟的羽毛是绿色的,称为'翠',合起来就是'翡翠'。而这种玉的颜色主要有绿色和红色,鲜艳夺目,跟翡翠鸟的羽毛颜色很像,所以人们就把这种玉叫做

'翡翠'。"

晓星和晓晴都不住地点头:"原来是这样。"

这时,有一名工作人员走过来,问道:"请问哪位是马小岚小姐?"

小岚看向他,说:"我是。"

"马小姐,这是你的参赛证。"工作人员递过来一个名牌,说,"比赛半小时后开始,参赛者现在要去会议室开会,听比赛规则。"

"好的。谢谢!"小岚把参赛证挂在脖子上。

晓晴和晓星要跟着小岚。工作人员说:"两位,不好意思。比赛期间,陪同人员只能在休息室等候。下午你们就可以来看解石和打分。"

晓晴和晓星只好和小岚暂时拜拜了。

看着小岚的背影,晓晴和晓星大喊着:

"小岚,加油啊!"

"小岚姐姐,你一定会赢的!"

 ## 选了一块"大石鼓"

小岚跟着工作人员来到一个小会议室,见到大部分人已到了,里面就有中国代表团的柳云亭叔叔。

小岚也看到了拉希。拉希用挑衅的眼光看了小岚一眼,又马上别开了头,小岚也没理她,笑嘻嘻地走到柳叔叔身边坐下。

这次国际鉴宝大会的秘书长,一位五六十岁的朱朱国大叔,宣布了比赛规则:"……各位可以在这贮藏库的一号仓里选三块原石,这三块原石会由大会指定的五位专家评委进行监督解石,并根据该原石所解出翡翠的大小和质

量高低进行评分,以三块原石的总成绩排名,决出冠亚季军。另外,还有一个好消息,获得这次鉴石比赛第一名的,可获国际玉石协会颁发的高级鉴石师证书……"

"哄"的一声,所有参赛者都兴奋极了,国际玉石协会颁发的高级鉴石师证书,那是级别最高的认可证书啊!有了这本证书在手,真可以在全世界的鉴石界"横着走"了。

也不顾打断别人说话是很不礼貌的,有几个人异口同声地大声问道:"秘书长,你说的是真的吗?"

"当然是真的!"秘书长微笑说,"这是我们很辛苦才争取来的。"

"啊,那太好了!我们都要加油啊!"

参赛者们互相鼓励着。

小岚为这和谐的气氛所感动,大家既是竞争对手,又是探讨玉石文化的同道中人。这才是比赛的真正含义嘛!

再瞧瞧拉希,只见她鼻孔朝天,一副藐视一切的样子,满脸都写着"这证书是我的,你们别想拿到"。

小岚不禁摇头。

选了一块"大石鼓"

会议室很快安静下来,大会秘书长继续说:"因为会议安排紧凑,比赛要在今天内完成。所以选石的时间由十点到一点结束,各位请抓紧时间。一点到两点半吃午饭,午饭后大家回到贮藏库中央广场,现场解石,然后由五位著名鉴石大师投票打分……"

比赛开始了,参赛者都迅速向四面散开,挑选玉原石。

小岚跟柳叔叔相互说了声"加油",就各自忙开了。

成千上万块原石,要想找到含有高质量翡翠的,很不容易,要靠经验和知识,还有一点点运气。

运气,小岚从来就有,她是小福星呀!知识,爸爸妈妈,还有宾罗伯伯教了不少;经验嘛,参加过好几次鉴石活动,也有一些。

小岚,加油!小岚对自己说。

贮藏库的一号仓很大,所以二十个参赛者一齐去选石,也不会造成什么干扰。大家都专注地观察着,寻找着。

一号原石仓里的原石大小比较平均,不像其他仓那样有的大得像座小山,有的小得像个小皮球,这也是主办者

选择这个仓的原石用作比赛的原因吧!

小岚慢慢地走着,把架子上、地上的原石一块一块地观察着,看它的表面颜色,看它的裂纹,有时还拿出放大镜,细看原石表面排列的毛孔。

到了十二点多,小岚选定了两块玉原石,并让工作人员在原石上挂上了她的编号:二十。

她以自己的经验和知识,认为这两块原石把握很大。还有一块要选。

选了好几块,但又放弃再选,希望大海捞针找到一块最有把握的翡翠石。

小岚走着走着,把别人观察过又放弃了的石头都看过了,希望能捡个"漏",但还是找不到满意的。她皱皱眉头,摸摸发酸的双腿,好累啊!

不远处的木架子旁边,有一块扁扁圆圆、外形像个鼓一样的大石,有位叔叔坐在上面,蛮舒服的样子。

小岚很早便留意到这块大石了,可惜每次看过去都有不同的人坐在上面休息,还挺抢手的呢!

叔叔见到小岚,便站起来说:"累了吧,快过来坐下

选了一块"大石鼓"

歇歇。"

小岚摇摇头说:"叔叔您坐,我不要紧。"

叔叔说:"你别跟我客气。我已经坐了好一会儿了,也该抓紧时间去选石了。"

小岚听了便不再跟叔叔客气,一屁股坐在大石上。哇,好舒服啊!小岚真想就这样坐着,坐个够。

但是,不行啊!还有半个多小时,比赛就要结束了。得抓紧时间。

小岚跳了起来,回头又看了一眼,这大石真像个大鼓啊!

"咦!"小岚的目光仿佛被粘在了大石上,这块石有点意思!

大石外面是灰白色的石皮,也许是因为刚有很多人坐过,朝上的一面并没有泥土和灰尘,可以清楚地看到颜色的分布由深到浅具有层次感。小岚蹲了下来,用手摸摸,只觉得手感柔滑,石上的晶粒没有剥离现象。再拿出放大镜仔细观察,见到晶粒细小均匀、排列紧密,小岚找来一块小石头敲敲,听到清脆的声音。

哇哇，竟然是块好原石！小岚捂住嘴偷着乐，这么好的翡翠原石，竟然被她找到了。

小岚心里有点奇怪。这边的原石明明很多参赛者看过，尤其是这块大石，还有很多参赛者坐过，怎么就没有发现它是一块好石呢？想了想也就醒悟过来了：人们都被它的外形给骗了，以为它只是一块供人坐着歇息的大石，根本没想到它也是这一号仓里，千百块翡翠原石之中的一员。

小岚赶紧朝工作人员招手，工作人员过来，便往那块"大石鼓"身上挂了小岚的编号。

工作人员眼神有点奇怪，这女孩怎么挑了这样一块石头呢？这不是给人坐的吗？他依稀记得，这大石好像放这里有一段时间了。

这时身后有人"嗤"一声笑了，接着有个声音阴阳怪气地说："哟，这位鉴宝高手，怎么把一块歇脚石当宝，别是看它外形有趣吧！"

小岚不用回头就知道是谁了，她耸了耸肩，说："是呀，我就是看它有趣才选的，要你管吗？"

说怪话的人，就是拉希。

选了一块"大石鼓"

拉希也曾经在这块鼓形大石上坐过,而且坐的时间比其他人都长,但她一直没有好好地把大石瞧上一眼。这时见到小岚竟然把这块歇脚的石头选中了,不禁冷嘲热讽起来。

见小岚没再搭理她,拉希脖子一扭,哼了一声,说:"等着认输吧!"

这时,工作人员大声提醒道:"各位参赛的女士、先生、小姐,请注意了,比赛只剩下五分钟,请你们抓紧时间。"

还在举棋不定的几名参赛者,听到后不敢再犹豫了,赶紧选定了最后一块原石。

"哇!"小岚刚踏出一号仓的大门,就被一声大叫加一个熊抱吓了一大跳,"臭小孩儿,吓死我了!"

晓星摸摸刚被赏了一颗"炒栗子"的脑袋,笑嘻嘻地说:"人家等你等得脖子都长了几尺了,见到你出来,高兴嘛!"

晓晴也走了过来:"小岚,怎么样,顺利吧?"

小岚眨了眨眼睛:"当然。"

"哇！"又把小岚吓了一大跳。这回是"哇"的平方，晓晴晓星两个人一块儿叫。

"想收买人命呀！"小岚气得真想把这两人扔进对面小河里。

"嘻嘻嘻嘻……"那俩人只顾傻笑。

他们可是担心了一上午呀！生怕小岚找不到好石，输给嚣张女。

"好啦，我们一块儿吃饭去！"小岚拉着晓晴晓星的手。

一位工作人员刚好经过，对小岚说："马小姐，迎宾餐厅已为参赛者准备了宴席，我带你去。"

小岚摇摇头，说："谢谢你。我有朋友在，我要陪他们吃饭。"

晓星说："那边有家麦当当店，我们吃汉堡包去！"

 买一百个汉堡包

麦当当门口,有几个人在忙碌地工作着,走近一看,原来是把一盘盘包装好的汉堡包搬上一辆小货车。

看样子像是送外卖的。

晓星瞪大眼睛,惊讶地说:"哇,这个国家的人究竟有多喜欢汉堡包呀,一次外卖就送这么多!"

这时候听到一个小孩的声音在奶声奶气地嚷嚷:"快点快点!我要一百个汉堡包,一百杯汽水,一百份薯条!"

"是是是,小朋友请放心,你的订单一来,我们就赶紧准备了……"一个老板模样的人用纸巾擦着一头的汗,

看上去他是痛苦并快乐着。

这家麦当当店的位置比较偏僻,平常生意比较一般,没想到今天来了这么一宗大生意。几名店员忙不过来,连老板都出动了,所有人都忙得像蚂蚁似的,来来去去、进进出出的,又是烘面包又是搬东西。

小岚觉得孩子的声音好熟,不禁扭头看了过去。咦,那不是小王子朱朱小旺吗?

这时小王子也发现小岚了,他欢呼一声,跑了过来:"魔术师姐姐你好!你怎么会在这里?你不是住在香港的吗?"

"小王子好!"小岚笑着说,"我是来参加鉴石比赛的。"

"哦,我知道!我姐姐也参加了呢!不知道姐姐是不是得了第一名。"小王子兴奋地问道。

"你姐姐是不会得第一名的,第一名肯定是我小岚姐姐!"晓星说。

"哦。"小王子倒挺大方的,"魔术师姐姐这么厉害,连小白鸽也可以变出来,我相信她能得第一名。"

"说得太对了。小王子,我喜欢你!"晓星十分高兴。

晓晴八卦地问:"小王子,你干吗买那么多汉堡包?"

小王子忽闪着漂亮的大眼睛,说:"我请朋友吃呀!"

晓星很吃惊:"哇,你那个朋友是大胃王吗?能吃那么多!"

"大胃王?嘻嘻……"小王子觉得"大胃王"这叫法十分有趣,捂着肚子笑个不停,笑完了,才说,"不是给一个朋友吃的,是给很多很多朋友吃。我有很多朋友呢!"

小王子又发出邀请:"魔术师姐姐,你们能跟我一块儿去看朋友吗?跟我的朋友一块儿吃汉堡包,一块儿玩,好不好?我的朋友好可爱好可爱的哟!"

小岚也想去看看小王子交了什么朋友,就一口答应了:"好啊!"

"耶!"小王子高兴得做了个胜利手势,魔术师姐姐真好!

小王子曾经邀请了姐姐拉希很多次,但拉希就是不肯

去跟他的朋友玩,还说他的朋友一定是些没脑子兼白痴的鼻涕虫,把小王子气得都快哭了。

这时候驶来了一辆小轿车,小王子拉着小岚的手:"魔术师姐姐,快上车。"

他又扭头对麦当当老板说:"伯伯,你们跟在我的车后面。"

车子走了不到五分钟,就停在一幢两层高的小楼房前面。

小王子首先跳下车,又转身拉着小岚的手,说:"魔术师姐姐,到了,我的朋友就住在这里。"

小岚和晓晴晓星下了车,朝小楼房大门上挂着的牌子一看,上面写着"花花孤儿院"五个大字。

哦?原来,小王子的朋友,是孤儿院的小朋友。

这时,小王子用力按门铃,又喊着:"海伯伯,快开门,我来了!"

花花孤儿院的大门"吱呀"一声打开了,一个长着一头白发的伯伯走了出来:"哦,是小王子呀,欢迎欢迎。"

小王子对白头发伯伯说:"海伯伯,我之前答应了请小朋友吃汉堡包,现在送来了。"

海伯伯看着店员把一箱箱汉堡包从车上搬下来,愣了愣,说:"小王子,我还以为你说着玩的,你……"

小王子说:"海伯伯,你这样说我会生气的,我们小孩子说话都是算数的。"

海伯伯连忙点头:"对不起对不起!伯伯错了,不应该不相信小孩子的话。"

这时,孤儿院的院长和几名工作人员听到外面的动静,都走了出来。

小王子见到院长,忙说:"花婆婆,我给小朋友送汉堡包来了。"

花婆婆很感动:"哎呀,真的谢谢你,小王子……"

从他们的对话中,小岚他们知道了,原来这家花花孤儿院是花婆婆自己开办的,一共收养了八十个孤儿。因为资金不多,所以经营十分困难。

先前"国际六一儿童节",国王带着小王子来到花花

买一百个汉堡包

孤儿院视察，有个小朋友告诉小王子，他的儿童节愿望，是能吃到一个汉堡包。

原来，孤儿院一直缺钱，有时连吃饭都成问题，哪还有多余钱给孩子们买汉堡包，所以小朋友们已经有很长很长时间没吃过汉堡包了。

小王子是个很善良的孩子，听到小朋友的话，竟哭了起来。想吃汉堡包对于他来说，就像呼吸空气那么容易，真不知道，竟然有的小朋友想吃一个汉堡包也那么难。

小王子马上说，要请小朋友吃汉堡包。他说到做到，第二天就把小猪钱罐里的钱全拿了出来，请秘书叔叔打电话，在孤儿院附近的麦当当店订了一百个汉堡包……

"小王子，你真是个有情有义的孩子，我替孤儿院八十个小朋友谢谢你。"花婆婆对小王子说。

"不用谢啦！"小王子有点不好意思。

他突然想起了什么，拉开小背包，从里面拿出一张小纸片，交给花婆婆："花婆婆，这是我爸爸让我交给

您的。"

花婆婆接过一看,原来是一张支票,收款人写着花花孤儿院。花婆婆一看上面的银码,不由得喊了起来:"啊,三百万!太感谢了,简直是及时雨啊!"

小王子好奇地踮起脚去看支票:"花婆婆,这是什么?"

花婆婆说:"这是钱,你爸爸捐给我们孤儿院的钱。"

小王子眼睛一亮,问道:"这些钱,可以让小朋友吃很多汉堡包吗?"

花婆婆激动地说:"不止。还可以让小朋友穿上暖暖的冬衣,可以给他们补充营养,可以给他们买学习的用具……"

"太好了!我爸爸真好。"小王子笑得眼睛弯弯的,就像两个小月牙。

花婆婆说:"小王子,替我们谢谢国王陛下。"

小王子点点头,说:"嗯。我也要谢谢国王爸爸。"

小岚和晓晴晓星在孤儿院里待了一个多小时,他们都玩得很开心。小岚还为小朋友们表演了几个小魔术,小朋友们看得可开心了,把小手都拍红了。

小岚突然想起了下午的鉴石比赛评分活动,看看手表,已快两点半了,她吓了一跳,赶紧向小王子和花婆婆告辞。

小王子看魔术看得正开心,听小岚说要走,很舍不得,拉着小岚的衣角不放:"魔术师姐姐,我还想跟你一块儿玩。"

小岚说:"小王子乖,姐姐还要赶回去参加活动呢!不过,你有空可以打电话跟我聊天。"

小王子苦着脸放了手,他叫来自己的司机,让司机送小岚他们三个人回去。

本来如果顺利的话,很快就可以回到总部大楼,但倒霉的是,车子刚走了几十米,就被迫停了下来,因为那条狭窄的路上堵了长长的车龙。司机下车一问,才知道前面有辆运矿石的大货车侧翻了,大块大块的矿石散落在路

上、造成交通严重阻塞。而几辆追尾的小汽车,因为突然刹车又撞上了,幸好车上的人都只是胳膊或腿受了点擦伤。现在所有人和车辆都要等到警察到来,做好笔录才能离开。

等一切处理完毕,重新通车,时间已过去一个小时了。

幸福翡翠

幸福翡翠

  小岚他们三人匆匆忙忙赶到贮藏库中央广场，时间已是下午三点半了，现场解石及评分正在进行中。

  只见广场中间十台解石机正在"嗞嗞"地解剖着翡翠原石，操控解石机的都是朱朱国最有经验的师傅，他们都小心翼翼的，避免把里面出现的翡翠损坏了。

  围绕着解石机，是一圈又一圈的椅子，最前面坐着大赛负责人、五名来自不同国家的权威评委，以及国际鉴宝

大会的全体代表们,也包括参加鉴石比赛的参赛者。

电视台的几部摄像机,已在最好的拍摄位置工作着。还有一些新闻记者在拍照。

小岚不想打扰别人,便拉着晓晴晓星悄悄坐到了后面。

晓星拉住小岚的手,说:"小岚姐姐,你看大屏幕!"

小岚抬头看过去,原来第一轮的解石成绩已经公布了,屏幕上写着呢!

晓晴哎呀一声,说:"小岚,不好了,嚣张女排名第三,你排名第八呢!"

晓星也看到了,不由得着急起来:"坏了坏了,怎么办怎么办?"

小岚说:"不就是第一块原石的成绩吗?还有两块呢,不用着急。"

晓星点点头,说:"对,小岚姐姐是不会输的,镇定,镇定。"

三个小家伙这边正在嘀咕时,那边第二轮的解石已陆续结束,评委们已经开始打分了。

"噢,真糟糕,小岚姐姐你看,拉稀公主排位又前进了,第二名呢!"晓星急得声音都变了调。

这时屏幕弹出了小岚的分数,却退了一位,排第九。

"肯定有黑幕,作弊的!主办机构是她自己人,利用主场之便,想干什么还不容易!"晓晴气急败坏地说。

晓星难得跟晓晴意见一致,他说:"对对对,肯定是作弊!拉稀公主连掺杂在普通钱币里的珍贵古币也看不出来,又怎会这样厉害,三块原石解开两块都含有高品质翡翠。"

"没有真凭实据,别这样说。或许她在鉴石方面,真是很有天分,很有经验呢!"小岚摇摇头说。

这时,第三轮解石开始了,参赛者的第三块原石被搬上解石机,又是一片"嗞嗞"的解石声。

柳叔叔偶然一回头,发现了小岚,便问道:"小岚,你跑哪去了?都进入第三轮了!"

"中午去了一个孤儿院,跟小朋友玩呢!"小岚说,又恭贺柳叔叔,"叔叔排第五名呢!如果第三轮成绩好,就有希望争夺冠亚季军。"

"其实小岚你的成绩也不差,希望第三轮成绩有突破。"柳叔叔真诚地说。

"谢谢叔叔。"小岚说着,突然发现前排左边有道目光射来,扭头一看,是拉希。

拉希信心很满啊,此时她鼻孔朝天,很傲气地看着小岚,似乎冠军证书已放在她的口袋里了。

小岚懒得理她,专心看师傅们解石。看解石还是挺刺激的,亲眼看着一块石头被剖开,看看里面藏着什么秘密,有趣着呢!

因为是最后一轮打分,很快就知道排名,知道冠军是谁了。评委们都有些紧张,他们坐不住了,都纷纷站起来,看着师傅们解石,察看这轮的原石情况。

台下气氛也一样,大家都眼巴巴地盯着台上,参赛者就更紧张了,他们都很想听到台上评委不时地交谈,想早一点知道自己所选的第三块原石的情况。但可惜评委们说的话,都被那一阵阵刺耳的解石声掩盖了。

有三四块原石已经有结果了,解开里面什么也没有,就是石头一块。有些原石刚露出一抹翠绿,还不知道里面

只是浅浅一层,还是满满的美玉翡翠。

这时有评委喊了起来:

"哇,好大的一块冰糯种!"

"几号的?"

"十九号!又是拉希公主!"

"如果最后十块原石没有很出色的,拉希公主就稳拿冠军了。"

"拉希公主选的三块原石都很优秀,这女孩子眼光真不错。"

这时,第三轮的另外十块原石被搬上去了,分别放到了十台解石机前面。其中就有小岚选的那个"大石鼓"。

咦,怎么那块歇脚坐的大石鼓也被搬上去了,搞错了吧?

参赛者中不少人累了的时候,都坐过这块大石,见到大石竟然成了入选原石,都有点奇怪。而来看解石的其他代表,见搬了个"大石鼓"上台,也都很是诧异。

二十号,编号二十的参赛者是谁呀?大家心里都在发出疑问。

"哼,有人瞎了眼了,竟然把一张破石凳当宝贝。笑死人了。"前面传来一阵嘲讽的声音。

小岚看过去,正好碰上拉希那张写满嘲弄的脸。

晓星气不过,回敬她一句:"不许你说我小岚姐姐,你才瞎眼,你上辈子上上辈子都瞎眼!"

小岚气定神闲地说:"晓星,理她干什么。是呀,我就喜欢选一块破石头,因为我能化腐朽为神奇呀!"

这时晓晴嘀咕着:"咦,怎么只有九个解石师傅,小岚的第二十号石没有人解呢!还有一个哪去了?"

"可能上洗手间了?或者有什么急事吧!"晓星挺焦急的样子,"唉,真急死人了,真想快点知道小岚姐姐第三块石的分数呢!"

"一定是知道那块破石头没戏了,所以师傅都走了。"拉希哈哈怪笑。

"嚣张女,你闭嘴!"晓晴狠狠地瞪着拉希,如果眼睛能放箭的话,拉希已经成了刺猬了。

"不会的,小岚姐姐选的一定是好石,你乱讲!"晓星又急又气,眼泪都快流出来了。

小岚拍拍晓星说:"犯不着跟她生气,谁笑到最后,谁就笑得最好。"

正在发出怪笑的拉希像汽车刹车一样,"嘎"地收了声,再也笑不出来。

台上的十到十九号石陆续解开了,分数有高有低,但都比不上拉希那块分高。

这时那个走开了的解石师傅回来了,抱歉地说了声:"对不起,上了趟洗手间。"说完走向二十号石,准备开切。

台上一个评委突然大声喊了起来:"慢着,这石别忙着解开,让我看看。"

说这话的正是中国专家评委钱守正钱伯伯,他喝止的正是准备解二十号原石的那名解石师傅。

钱守正拿了一张小凳子,坐下来仔细地瞧着小岚那块原石。他看上去有点激动。细细地观察了原石一会儿,才说:"先用砂轮擦一擦。"

他说的"擦一擦",是指解石过程中的"擦石"。

擦石是一种古老的做法,效果好又安全。因为如果部

位没有找准,就胡乱切割,会破坏里面东西的完整性。

擦石也不是在原石上随便找个地方擦的,找对了擦石部位,就可以从擦口位置打光,观察翡翠石的内部,这样可以较为准确地判断其内部绿色的深度、宽度和浓度,可以确定切石的方法和位置,让切出来的东西更完美。

解石师傅听钱守正这样说,便拿起砂轮,问道:"老先生,请问在哪里擦?"

钱守正仔细地看了一会儿,指指大石的一处,说:"这里。"

这时,其他几位评委见到钱守正这么重视二十号原石,便也都围了过来。

解石师傅见了不由得有点小紧张。他定了定神,开始擦石,砂轮磨着石面,发出令人牙齿发酸的声音。

师傅刚把外皮擦去,鲜艳的翠绿色就出来了,惹来了一片惊呼声:"出绿了!出绿了!"

师傅赶紧停手,拿了点水洒到绿色上,那绿色就更明显了,青翠欲滴,分明是绝好的翡翠啊!

钱守正兴奋极了,他之前凭着经验,认为这形似大石

鼓的石头内会含有好玉,但没想到颜色会这样美丽。他拿着手电筒,对着出绿的地方往里一照,心里暗暗叫好。经验十足的他看得出来,这里的翠绿不只是薄薄一层,应是往里面延伸着,而且,翡翠的玉质均匀细腻,他不禁惊呼起来:"是一块罕见的绝佳美玉!"

当下,人们都坐不住了,纷纷围了上去,都想亲眼看看解出玉石的那一刻。

"小岚姐姐,你太棒了!"

"小岚,我仰慕你!"

"少啰唆。我们也去看看!"

小岚拉着晓晴和晓星,三个人喜笑颜开,也跑了过去。

全场只有一个人是不高兴的,那就是拉希了。她翻翻白眼,哼了一声,心里想:哼,高兴什么!我比你领先那么多,就不信你一块好玉就能赢我。

五名评委商量了好一会儿,才确定了一个解石方案,他们都生怕切的位置不对,把一块好玉给毁了。然后他们选了评委当中一位最有解石经验的亲自动手,解开这块大石。

随着"嗞嗞"的声响，百多双眼睛紧紧盯着那块"大石鼓"，也可以说是"歇脚凳"，眼都不敢眨一下。

见证奇迹的时候到了，随着解石机停下，一块绿色的足有两三百公斤的美玉出现在人们面前。

几乎所有人都被震撼了。

从来没见过这么美丽的一块翡翠，绿意盎然、晶莹剔透，仿佛能滴出水来；从来没见过如此完美如此巨大的一块翡翠，整块玉竟找不出一丝的裂纹。

随着短暂的静寂之后，喜悦的气氛充满了整个广场，人们竟情不自禁地鼓起掌来。

而朱朱国的人就更加激动。在他们国家，向来认为翡翠是能带来好运的吉祥物，而每当发掘出特别出色美丽的翡翠时，就更视为是国家未来更繁荣昌盛、国民幸福安康的预兆。何况，这次小岚发现的是一块如此珍稀的大翡翠。

被惊呆的评委们也缓过神来了，他们都打了很高的分数。这可是想也不用想的一次打分，实在太棒了。

屏幕上的排位瞬间改变了，拉希掉落第二位，而第一

位,是分数最高的小岚。

"今天鉴石比赛的冠军,是二十号马小岚!颁奖仪式在今天晚上的闭幕式进行……"大赛总评委宣布。

"哗啦啦……"热烈的掌声响起,人们都真诚地恭贺这位年龄最小又最有眼光的小女孩。

当然,还是除了那一位——嚣张女,她早已气呼呼地走了。

钱守正跟国际鉴宝大会的秘书长商量了一下,然后对小岚说:"这么美丽的翡翠,一定要有个名字,这玉既然是小岚发现的,就请小岚为它命名吧!"

小岚想了想便说:"我希望它能给朱朱国人民带来幸福和运气,就命名为'幸福翡翠'吧!"

"幸福翡翠!好,好,好名字!"国际鉴宝大会的秘书长高兴极了,朝小岚点头微笑,"谢谢你美好的祝愿!"

 ## 女儿的确值得夸

马仲元和赵敏上午去矿场参观后,就被国王派的车子接去了皇宫。

国王朱朱大旺本身是个收藏家,皇宫里收藏了各种古董、宝物无数。他知道马仲元夫妇都是著名的古董鉴别大师,所以不想放过这个好机会,拉着两人去看自己的藏品,一边介绍自己的得意宝物,一边向他们请教有关古董鉴别和收藏的学问。聊了一个下午,还留着吃了晚饭。要不是他们三人都是要出席晚上的闭幕式,国王还不想放马仲元夫妇走呢!

看着马仲元夫妇坐着车子走了,国王仍依依不舍地望着,这时,他手里的电话响了。

"什么喜讯?啊,解出幸福翡翠?!……"国王接完电话,胖胖的身子往上一蹦,兴奋地喊了一声"耶!"。

再说马仲元和赵敏归心似箭地回到了酒店,两人迫不及待地要上楼找小岚,想知道她比赛成绩怎样。

谁知道,他们踏入酒店大堂后,整整用了几十分钟,还没能去到小岚房间。

不会吧!从酒店大堂进电梯,用几十秒就可以上到高层了,干吗几十分钟还到不了?

原来……

一进大堂,小岚爸小岚妈就见到了钱守正,钱守正一把拉住他俩,绘声绘色地把小岚的事说了一遍,把小岚好好地夸奖了一番。这般好那般好……

告别了钱守正,进去搭乘电梯,小岚爸和小岚妈又碰到刚从电梯里走出来的柳云亭和另外几个中国代表团成员。柳云亭一把拉住他俩,喜笑颜开地说:"我真高兴、真高兴,今天小岚给咱中国人长脸了……"

女儿的确值得夸

告别了柳云亭,小岚爸小岚妈坐电梯到了小岚住的十五楼。一走出电梯,就遇到了朱朱国的几位代表。朱朱国代表一把拉住他俩,又是竖大拇指,又是摆胜利手势,表情生动地说了十几分钟的话,噼里啪啦,叽里呱啦……

小岚爸和小岚妈都不懂朱朱国语言,只好微笑着,不时点点头,不懂装懂。不,也不算是不懂装懂啦!因为他们也猜得出来,这位先生说的也是小岚如何如何,如何如何……

等朱朱国代表一离开,小岚爸和小岚妈赶紧跑去按小岚他们房间的门铃,生怕不知从哪里又走出人来,拦住他们又把小岚的事说一遍,那他们走到明天也别想走进小岚房间了。

因为离闭幕式开始时间还有半小时,晓晴和晓星吃完晚饭正窝在沙发上打游戏,听到门铃响,晓星赶紧跳下沙发,跑去开了门。

"马叔叔,赵阿姨,你们回来了!"晓晴和晓星异口同声道。

晓星顾不得打游戏了,拉着马仲元和赵敏说个没

完："叔叔阿姨，小岚姐姐好厉害，得了鉴石比赛第一名呢！……"

晓晴也抢着说："是呀是呀，所有人都没发觉那块翡翠，就小岚一个人发现了。哇，那块翡翠好美啊……"

两个家伙争抢着述说小岚的伟大事迹，马仲元夫妇笑眯眯地互相看看，马仲元说："第四。"

晓星莫名其妙地问："什么第四？"

马仲元哈哈大笑，说："因为前面已有三拨人向我们报喜了，你们是第四拨呢！"

小岚正在卧室和万卡用手机短信聊天，两人你一句我一句聊得正开心，连爸爸妈妈回来也不知道。听到外面热闹的说话声，忙出来看看，却被赵敏一把搂住："乖女儿，你真厉害！"

小岚吓了一跳："啊，妈妈，怎么啦？"

马仲元乐呵呵地说："自从踏进朗豪酒店，我们满耳都是你了不起的事，不知有多少人夸你，赞你。"

赵敏一脸的骄傲，她拉着女儿坐到沙发上，说："不奇怪呀，因为我们女儿的确值得夸。"

女儿的确值得夸

马仲元坐到小岚身边,说:"小岚,你知不知道,你鉴出那块罕有翡翠的事,已经惊动了整个朱朱国,珠宝行业、收藏界、拍卖行、新闻传媒、国家矿藏开采公司……珠宝商想买来做首饰,收藏家想收藏,拍卖行希望交给他们拍卖,传媒想采访最年轻的鉴石专家……,而国家矿藏开采公司,就马上召开高层会议,检讨为什么公司里上上下下,包括领导层管理层、专业技术人员,以及广大员工,竟然对眼皮底下的罕有宝玉熟视无睹,把它搁在贮藏库中当凳子坐,最后让一位女孩慧眼识宝物发现了。"

"啊,真的?!"小岚也觉得匪夷所思,她还以为是大赛主办人故意把那块原石放在那里,考考参赛者的眼光呢!

晓星很得意地说:"我小岚姐姐一直都很厉害的。"

晓晴也点头赞同:"没错。"

马仲元突然想起了什么:"刚才钱老说,国家矿藏开采公司已经委托专家,把'幸福翡翠'进行估价。"

"啊,他们准备把幸福翡翠拍卖吗?"小岚有点意想不到。

157

赵敏说:"当然不是。国王刚刚下令,把幸福翡翠定为国宝呢,怎么会把它卖掉。他们作价,是准备把那块翡翠价格的百分之五奖励给你。"

晓星好奇地问:"百分之五?幸福翡翠值多少钱?"

赵敏说:"起码值一亿。"

晓晴嘴巴张得都看得到喉咙了,她问:"翡翠怎么这样值钱?"

马仲元说:"每一块翡翠的形成,都需要极度苛刻的自然条件和至少两亿年的时间。所以,翡翠一直都是昂贵的东西,而且会越来越贵。"

晓晴想了想说:"一亿的百分之五,就是五百万!小岚,你发财了!"

小岚眼睛一亮:"啊,真的?哈哈,我有钱了!"

赵敏轻轻打了女儿一下,嗔怪地说:"什么时候变成小财迷了,没见过你这么爱钱的,这不像你啊!"

"不是啦!"小岚扭了扭身子,说,"我之前不是去了刚果民主共和国探访吗,我真是万万没有想到,世界上还有这么贫穷的地方。我亲眼看见了那里的孩子,住在树

女儿的确值得夸

枝搭起的简陋房屋里,他们吃不饱穿不暖,个个瘦得皮包骨头。"

小岚说到这里眼睛都湿了,她让自己冷静了一下,继续说:"我遇到一个只有四岁的孩子,他是个孤儿,父母都在战争中死了,他现在由叔叔照顾。他告诉我,他最大的梦想是有一双鞋子。因为没有鞋子穿,他冬天的时候脚都会生冻疮,每走一步路都钻心地痛,而自从他懂事以后就没穿过鞋子了。我很想通过慈善团体给他们捐一笔钱,给他们买冬衣,买鞋子,买食物。我正发愁去哪里找钱呢,这下好了,有了这笔钱,就可以捐给他们了。"

赵敏很欣慰,她看着女儿,说:"真是个好孩子!"

小岚调皮地说:"我一直都是个好孩子呀,您今天才发现吗?"

赵敏笑骂了一句:"哪有人自己夸自己的。"

晓星像小鸡啄米般点着头:"小岚姐姐说得对,她真是个好孩子呀!"

小岚得意地朝妈妈挤挤眼睛,说:"您看您看,群众的眼睛是雪亮的。"

大家都笑了起来。

马仲元看了看手表，对小岚说："我和你妈妈回房间换件衣服，我们十五分钟以后在酒店大堂集合，去参加闭幕式及颁奖典礼。"

赵敏对几个孩子说："你们打扮漂亮点。小岚等会儿还要上台领奖呢！"

晓星趁机又狗腿了一回："赵阿姨，您放心吧！我小岚姐姐不打扮也漂亮。"

晓晴眼睛一瞪："那我呢！"

晓星笑嘻嘻地说："你是不打扮更漂亮。"

"臭小孩儿！"晓晴作状要打晓星，"那你是说我不会打扮吗？"

晓星抱头鼠窜，一边还说："不是你不会打扮，而是你打扮花太多时间了，让等的人都变化石了。"

马仲元和赵敏笑着摇头，叮嘱了一句"抓紧时间，别迟到了"，就走了。

18 小岚你是我的大菠萝

幸好晓晴也怕耽误了时间，用了平时二十分之一的时间打扮好了，这才在十五分钟后准时出现在酒店大堂。

"出发喽！"晓星喊了一声。马仲元和赵敏，带着三个孩子走出酒店。

因为参加闭幕式的人有点多，所以地点选了位于酒店旁边的文化中心大会堂。

马仲元一行五个人一出现，马上引起了轰动，爷爷奶奶、叔叔阿姨，中国的、外国的，都围了过来。

"马先生,恭喜啊,原来这次鉴石比赛的冠军是你们家的女儿,虎父无犬女呀!"

"赵女士,原来你家有一个这么了不起的孩子!"

"马先生,你要介绍一下经验啊!你们是怎么教孩子的?"

……

马仲元笑呵呵地谦虚着:"她只是侥幸取胜而已,你们别把她夸坏了。"

这时有一名工作人员走来,对马仲元说:"马先生,请跟我来。大会给您一家在第一排安排了座位。"

小岚不想撇下晓晴和晓星,便说:"叔叔,我不坐第一排了,我还有两个朋友,我跟他们坐后面就行了。"

工作人员说:"获奖者都坐第一排呢。这样吧,第二排的嘉宾座有两位来不了,我安排这两位坐那里吧!就在你们座位后面。"

晓晴怕小岚顾及他们的感受,非要跟他们一块坐,忙对那工作人员说:"行行行,我们就坐第二排。谢谢叔叔。"

第一排已经坐了一些人，看到马仲元一家，那些人都站了起来。马仲元微笑着跟他们打过招呼，又对小岚说："小岚过来，认识一下这些很厉害的爷爷奶奶。"

原来这些人里面，有国际及朱朱国文化部门的负责人，有世界著名的古董文物鉴定专家和收藏家。

小岚乖巧地笑着，跟着爸爸喊着爷爷奶奶叔叔阿姨，还有什么部长董事长会长，一边还得忍受那些闻声而来的记者追拍，咔嚓咔嚓的闪光灯晃花了眼。

这时有人喊："国王驾到！"

小岚这才松了一口气，因为人们都把注意力转到走进来的国王身上了。

国王朱朱大旺一手拉着小王子，小王子穿着一套蓝色的牛仔装，既帅气，又可爱。

没看见朱朱拉希，她是亚军，也要上台领奖的。也许是跟小岚的比赛输了，不高兴，所以不来吧！

朱朱大旺笑眯眯地走进了礼堂，一边还不住地朝大家挥手。看来这国王还是挺亲民的，不知道为什么生了一个这样高傲的拉希公主。

国王在工作人员的引领下,来到了前排。一看见马仲元和赵敏,国王就哈哈大笑说:"马先生,赵女士,谢谢,十二万分感谢。谢谢你们培养了一个这么出色的女儿,谢谢你们女儿替我朱朱国找到了一块幸福翡翠,给我国带来了好运气。"

他看见了马仲元身旁的小岚,眼睛一亮:"这就是你们的天才女儿吗?好漂亮的小姑娘!咦,怎么好像很眼熟?"

小王子这时候喊了起来:"魔术师姐姐,又见到你了!"

"魔术师姐姐?"国王恍然大悟,"我记起来了,你就是在香港表演魔术的那个女孩子!"

小王子拉着小岚的手,说:"魔术师姐姐,我要跟你一起坐。"

国王看见所有人都站着,就说:"大家坐下吧,马先生,赵女士,你们坐我身边。"

国王让马仲元和赵敏坐在他身旁,小王子又拉着小岚坐在他的身旁。国王把小岚好好地夸奖了一番之后,又滔

滔不绝地,跟马仲元和赵敏说着他最爱的古董话题。

小王子呢?挨着魔术师姐姐,小嘴叽叽喳喳说个不停,问这问那的,又央求小岚再给他变一只小鸽子。

这两父子,真把马仲元一家给缠上了。

幸好这时闭幕式开始了,首先朱朱国文化部部长讲话,给了这次国际鉴宝大会高度评价,专家们交流了经验,展示了才能,并着重感谢远道而来的马小岚小姐,给朱朱国带来了幸运翡翠……

接着,大会司仪宣布请这次国际鉴宝大会的秘书长,给获奖者颁发证书。

大会秘书长笑眯眯地走上了舞台,打开了手上一张名单:"鉴石比赛的获奖季军,是红牛国的詹姆斯先生。请詹姆斯先生上台领奖!"

马上响起了热烈的掌声,得奖的詹姆斯"耶"地跳了起来,喜笑颜开地跑上舞台。

看来詹姆斯是个很搞笑的人,他从大会秘书长手里接过获奖证书,然后随手抓起大会秘书长的手亲了一下,引得台下哄堂大笑。

当司仪请詹姆斯讲几句获奖感言的时候,他抓抓头发,又伸了伸舌头,然后说:"谢谢我妈妈,谢谢我爸爸,谢谢我老婆,谢谢我儿子,谢谢我女儿,谢谢我家的猫比利。当然,更要谢谢大会颁发给我这个奖项,让我有机会在家里扬眉吐气。老婆,以后别再让我跪键盘了……"

又是一阵哄堂大笑,连小王子都笑弯了腰。

詹姆斯下台以后,大会秘书长又接着宣布:"鉴石比赛的第二名,亚军,是拉希公主。拉希公主今晚有点不舒服,不能来到现场,我们已经委托工作人员,把获奖证书送到她手里了。"

晓星在后面戳了戳小岚,说:"小岚姐姐,有人没脸见你呢!"

小岚笑笑,没搭话。

大会秘书长笑眯眯地说:"下面的领奖者,有两个证书要领,所以,我要请出另一位颁奖嘉宾,国际鉴石协会秘书长华尔佳先生。"

一位七十多岁的老人笑容满面地从后台走了出来,朝

大家点了点头。

台下响起了热烈的掌声，表示向这位国际知名的老专家致敬。

大会秘书长说："现在，我们有请史上最年轻的鉴石冠军马小岚小姐上台领奖。"

当大会秘书长说出小岚的名字时，全场响起了经久不息的掌声，其中还夹杂着疯狂的叫声。

"魔术师姐姐你最厉害！魔术师姐姐你最厉害……"这是小王子的喊声。

"小岚我以你为荣！"这是晓晴的叫声。

"小岚姐姐我崇拜你！"这是晓星在嚷嚷。

"小岚小岚你最棒！小岚小岚谢谢你！小岚小岚爱死你！……"这是……咦，这是什么人的声音？

很多人一起喊，但又很整齐很有规矩，就好像在指挥棒指挥下的合唱团，不，合喊团。

人们都扭头朝声音发出的地方看去，原来最后面几行，有三四十人挥动着手里的发光棒在喊。还有一个男孩扛着块大木牌，上面写着——幸福翡翠小岚后援团。

刚走到台上的小岚,看见这情景也惊呆了。这朱朱国的"迷文化"真是太强劲了,香港也有歌迷影迷球迷,这里怎么连"赛迷"也有了。而且这么短短几小时,就拉起了这样庞大的队伍。厉害!厉害!

她情不自禁地抬手朝后面扬手。

后援团更兴奋了,喊声快把大会堂的屋顶掀了。

小岚把手往下一压,喊声马上停了下来,小岚说:"谢谢你们,谢谢大家!"

大会秘书长说:"鉴石大赛每五年进行一次,今年的比赛新增了一项奖励项目,就是大赛的冠军可以得到国际玉石协会授予的高级鉴石师称号。所以,下面我们先请国际玉石协会秘书长华尔佳先生,把证书颁发给马小岚小姐。"

"小岚小岚你最棒!小岚小岚谢谢你!小岚小岚爱死你!……""幸福翡翠小岚后援团"又大喊起来。

他们也挺守纪律的,喊了十声,又自动停下来了,把安静交回了会场。

小岚接过证书,对华尔佳说声谢谢,华尔佳说:"小家伙,不错不错,小小年纪就这样厉害,真是后生可畏呀!"

小岚你是我的大菠萝

小岚有点不好意思:"我的经验不足,今后还要向你们老前辈好好学习。"

"好好好,真是个谦虚的好孩子。"华尔佳笑道。

秘书长接着把鉴石比赛冠军证书颁给小岚。

"哗啦啦……"台下又响起了雷鸣般的掌声。

"小岚小岚你是我的小苹果,小岚小岚你是我的小雪梨,小岚小岚你是我的大菠萝……""幸福翡翠小岚后援团"又大喊起来。

这喊的是什么呀,小苹果、小雪梨也就认了,大菠萝?算什么呀?小岚嘴角直抽抽。

小岚的获奖感言十分简单,她说:"谢谢,谢谢爱我的人和我爱的人!"

小岚刚说完,"幸福翡翠小岚后援团"又大喊起来了:"小岚我们爱你!小岚我们爱你加一百!小岚我们爱你加一千!小岚我们爱你加一万!……"

小岚赶紧转身下台,她怕再留在台上,后援团会一直"爱你加一百万、爱你加一千万、爱你加一亿"地喊下去。

 ## 难为了小岚

小岚正在往台下走,却被人喊住了。

"马小姐请留步。"大会秘书长说。

"还有什么事?"小岚有点奇怪,不是两个证书都颁了吗?

"好事。"大会秘书长笑眯眯地说完,又向着台下宣布,"鉴于马小岚小姐给朱朱国找到了幸福翡翠,朱朱国政府决定把翡翠价值的百分之五,即五百万作为奖励,赠予马小岚小姐。有请朱朱国小王子朱朱小旺上台给马小姐

颁赠支票！"

哇，真的有奖励呀！小岚挺高兴的。

小王子朱朱小旺上台了，他双手捧着一张放大了的硬纸皮做的支票，脸上笑嘻嘻的，小屁股一扭一扭，引得台下一阵笑声。他双手把支票举高，交到小岚手里。小岚亲了亲他的小脸蛋，说："谢谢！"

小王子也亲了小岚一下，接着说："魔术师姐姐，不用谢。但是，你可以答应我一个要求吗？"

这样可爱的小朋友，简直是魅力没法挡啊！小岚脑子一热，想也没想，一口答应："当然可以了。"

小王子高兴得一跳一跳的，说："好啊，姐姐要说话算数哟。我要你跟我回家住，做我的姐姐，跟我一块儿玩魔术，玩小鸽子。"

拉希姐姐虽然也很疼爱小王子，但她总是没耐心跟小王子玩。这小岚姐姐就不一样了，给他变魔术，还陪他去看朋友，跟他和他的朋友们一块儿玩。

"啊！"小岚一听愣了，不知道说什么好。

答应的话说出去了，但自己怎能跟他回家呢！听到小

难为了小岚

王子可爱的萌言萌语，看到小天才马小岚一脸的不知所措，台下哄的一声，人们都哈哈大笑起来。

"好喔，姐姐跟我回家喽！"小王子拉着小岚的胳膊，美滋滋地下台了。

回到座位上，小岚试图收回承诺，她对小王子说："小弟弟，我是不能去你家住的，因为我还要回自己家上学读书呢！"

小王子说："不怕不怕，我也快要上小学一年级了，你去我们学校念书好了。哇，我们还可以一块儿上学一块儿放学呢！"

小岚苦口婆心地说："不行的，你上的是小学，我已经读过小学了。"

小王子说："不怕不怕，我上的学校有小学，也有中学、大学。"

小岚打亲情牌："如果我不跟我爸爸妈妈回去，他们会伤心的。"

小王子说："不怕不怕，让你爸爸妈妈也跟我回家住好了，皇宫里有好多好多房子。"

小岚朝小王子打躬作揖:"哎呀,我求你了,我不能跟你回家。"

小王子扁嘴:"姐姐说话不算数,宝宝好难过,宝宝要哭了……"

"别哭别哭!"小岚快要疯了……

后来,小岚承诺离开朱朱国前变给他一只狗狗一只小鸽子一只鹦鹉(小王子还指定要会说话的),才换来了小王子的笑容。

小岚颁奖礼后回到酒店时,惨兮兮地躺在沙发上不会动了。

妈妈下楼来看她,抿嘴笑笑:"没想到,我聪明的女儿也会败给小王子。"

小岚嘟着嘴,说:"妈妈,都这样惨了,还笑话人家!"

"噢,不笑不笑。真是难为我们小岚了。"赵敏笑着摸摸小岚的头,又说,"后天就走了,代表们明天自由活动。专家们有些要去古董街,有些打算去参加富四海夏季拍卖会,我们代表团已经向拍卖公司要了八个进场名额。

难为了小岚

拍卖的东西我和你爸都看过了,所以不去了,我们打算去古董街,看看有什么可以收藏的东西。你们三个之前已经去过古董街了,所以我建议你们去看拍卖。"

"嗯,富四海的拍品通常都不错。"小岚问赵敏,"妈妈,这次拍卖有什么值得欣赏的古董吗?"

赵敏说:"有几件很不错!一件是清朝的孔雀绿釉青花瓷花瓶,一件是青铜古剑,最值得一看的是一幅《清明上河图》。"

"宋代名画家张择端画的《清明上河图》?"小岚听了十分惊讶。

《清明上河图》是中国十大传世名画之一,对小岚来说并不陌生。这幅画长五百二十八厘米,高二十四点八厘米。作品以长卷形式,生动记录了中国十二世纪北宋都城汴京的城市面貌,和当时社会各阶层人民的生活状况。

在五米多长的画卷里,画了各色人物八百多个,牛、骡、驴等牲畜,车、轿、大小船只,房屋、桥梁、城楼等,都各有特色,具有很高的历史价值和艺术价值。

可是,真迹不是在北京吗?富四海这幅应是仿制

品吧?

赵敏看出了小岚眼中的疑问,说:"这幅《清明上河图》是一名海外华人委托拍卖的,先前富四海曾让我和你爸爸去参与鉴别这幅画,经过十几位资深鉴定师的鉴别,认为极有可能是张择端画的。"

晓星插话道:"赵阿姨,这怎么可能?我以前去北京故宫博物院参观时,就在那里看到过《清明上河图》。如果您说的这幅是真的,那难道北京故宫博物院那幅……"

这时马仲元也来了,听到晓星的疑问,便说:"北京故宫博物院那幅当然是真的,那已经是被科学鉴证肯定了的事。但你们知不知道,其实张择端是画过两幅《清明上河图》的。"

"啊,真的?!"三个孩子都十分惊讶,这说法还是第一次听到呢!

马仲元说:"张择端画的第一幅《清明上河图》,是送给了皇帝赵佶的。但就在这幅画送出的第二年,宋朝的都城汴京就被金国军队攻占了,皇宫中的大量珍贵字画等文物被抢掠,《清明上河图》也不见了。张择端在汴京

被金人侵占后,便和家人南下避难,因为思念家乡,他又重新画了一幅《清明上河图》,这幅画一直保留下来,就是现今保存在北京故宫博物院的真迹。那不见了的第一幅《清明上河图》,几经辗转,在明朝时候又落到了当时的皇帝手里。有一次,有个官员在皇宫里偷了这幅画,但一时无法带出宫去,便将这幅画藏在宫内的御河桥下石缝内,准备第二天再偷带出宫。没想到那天晚上突然狂风暴雨,那官员第二天去找,发现石缝内已经没有了画的踪影。以这样的风势雨势,官员认为这幅画肯定是被毁掉了。而事实上,后来许多年过去,也没再听到这幅画的任何消息。所以,人们都认为,世间从此只留下张择端后来画的那幅《清明上河图》。"

晓星听得嘴巴大张,听到这里,便说:"那这个故事的结局,不正是说明留下来的应该只有一幅画吗?"

赵敏说:"这是之前流传下来的说法。但是那位把画拿出来拍卖的海外华人贾先生,却讲了另一个故事。他说,他的先祖是明朝皇宫里的一个卫士,有一天,卫士正在皇宫的御花园巡夜,没想到突然下起大雨来。当时卫士

刚好经过一座石桥，他便跑到桥下躲雨，却无意中发现石缝里有一卷东西。卫士把那卷东西拿出来，打开一看，发现是一幅画。卫士见倾盆大雨之下，这幅画如果继续放在石缝里，必定损坏，所以就把画揣在怀里，带走了。后来，卫士把画送给了他的舅舅——一个喜欢收藏古画的画家。当画家发现是张择端的名作后，惊喜万分，作为传家宝收藏起来。这幅画一直保存在画家的家族里，而这名海外华人，就是这画家的后人。"

晓晴听得入神，嘀咕着："怎么就像小说情节一样。"

晓星说："比小说情节还精彩呢！"

小岚想了想说："妈妈，这《清明上河图》是我们国家的文化遗产呀，不如我用鉴石比赛奖励的钱，把它买下来，捐给国家，好吗？"

赵敏摇摇头说："五百万肯定远远不够。《清明上河图》一向被视为无价之宝，所以如果有真品出现，怕会拍出天价。我也曾想过买下来，但也觉得以自己的财力无法负担。"

"太可惜了。"小岚很无奈,"好,我们明天就去看拍卖,看看这幅'死而复生'的名画。"

赵敏说:"你们早点去,要不没位子了。很多大收藏家都有兴趣收藏这幅画呢!听说朱朱大旺国王也有这个想法。"

 有人打劫

第二天,小岚跟爸爸妈妈兵分两路,爸爸妈妈去古董街,小岚和晓晴晓星跟着柳云亭等五位中国代表团的代表,去富四海大厦看拍卖。

富四海大厦是一幢五十层的大楼,拍卖的地点就设在顶层的拍卖场。

向守在门口的护卫员出示了入场证,一行八人进入了会场。

十点半才开始的拍卖,小岚他们十点就到了,但没想

有人打劫

到已经坐了很多人。

柳云亭问一名工作人员:"今天来的人挺多啊,都是冲着《清明上河图》来的?"

工作人员说:"是呀!今天的拍卖肯定争得你死我活的。"

幸好后排还有座位,小岚一行在最后排找到了相连的三个座位,坐了下来。小岚看了一下场内,见到许多人脸上都很紧张,大概是害怕自己想要的拍品让别人买去了。

十点半到了,还没开始拍卖,大家都有点急了,都在议论纷纷的。要知道富四海这家公司向来做事严谨,说了什么时候开拍就什么时候,不会早一分,也不会迟一秒。今天怎么了?

直到十点四十分,才有工作人员上台。他先道了歉,说:"各位,对不起。因为刚才在等国王陛下到来,所以一直未开始。刚接到通知国王陛下有事要迟半小时才到,他让我们不必再等。好,下面有请著名拍卖师蒙南先生主持拍卖。"

一个瘦长个子的中年人走上台,先朝人们鞠了个躬,

然后打开了大屏幕，屏幕上列出了今天的拍品，还有拍卖的先后次序。

《清明上河图》排在最后，作压轴拍卖。

拍卖都这样，好东西最后才拍。

拍卖开始了，屏幕上出现了一个古董花瓶。

"下面拍卖一号拍品，清代粉彩花鸟梅瓶。起价两万元……"

前面这些东西，小岚他们三个人都不大感兴趣，他们想看的只有那幅有故事的《清明上河图》。晓星东张西望了一会儿，忽然捂着肚子，苦着脸说："肚子痛。"

晓晴瞪了他一眼："都叫你吃早餐时别吃那几杯雪糕了，看，吃坏肚子了吧！"

"唔唔唔……我想上洗手间。"

"自己去吧，又不是小娃娃，还要人陪呀！"晓晴不耐烦地说。

"我不知道洗手间在哪里。"晓星扁着嘴，一副"宝宝很可怜，宝宝很无助"的样子。

"哎呀，你怎么越长越回去了！"小岚站了起来，

有人打劫

说,"我陪你去吧!"

晓晴见小岚起身,便哼了一声,也跟着站起来。晓星龇牙笑着,乐滋滋地跟在后面,看样子一点儿不像肚子痛的样子。八成是坐不住了,想出去溜达一会儿。

拍卖场的大铁门关得严严的,看到三个孩子要出去,一个工作人员给他们开了门,他们出去以后又紧紧地关上了。看来他们的保安工作做得挺严密的。

出了拍卖场,拐了两拐便是一条长长的走廊,站在走廊看看,只见两边都是一个个小房间,房间左上方都有一个伸出来的小牌子,上面分别写着行政室、计划室、会计室等。

晓星眼尖,一下便看见了走廊尽头处,有一个写有ＷＣ字母的牌子:"我看到了,洗手间在那边!"

三个人朝洗手间走去,因为今天是星期天,休息日没有人上班,富四海大厦静悄悄的,两旁的办公室也全都房门紧闭。

走廊尽头是一个大窗子,窗门没关,风把窗帘吹得扬了起来,也把走在前头的晓星头上戴的帽子吹掉了,晓星

手疾眼快,一把捞了回来。

晓星领头走进洗手间,后面的小岚和晓晴竟也糊里糊涂随着他走进去。进去以后,才发现这里是男洗手间。这富四海大厦应该就像很多商业大厦那样,男女洗手间分别在楼层的两头。

小岚骂了晓星一句,和晓晴正要推开门走出去,忽然听到外面"呼"的一声,像是有人跳到地上的声音。

小岚多了个心眼儿,忙做了个噤声的手势,然后从洗手间大门的门缝朝外看。晓晴和晓星也学她那样,把眼睛凑到门缝上。

啊,蒙面人!三个孩子的眼睛都睁得大大的,十分吃惊。

只见那蒙面人鬼鬼祟祟地张望了一会儿,然后伸手朝窗外打了个手势。很快,见到又一个蒙面人抓着绳子,从上面溜了下来,接着又是一个……

晓星说:"他们来干什么?"

晓晴说:"还用问,打劫呗!"

小岚说:"《清明上河图》?"

有人打劫

晓星晓晴一齐："嗯！"

越来越接近真相了！

三个人继续看着，又见到陆续有人从窗口外面跃进来，一二三四五六七八九十，一共来了十个蒙面人。这时其中一名长得很高大，眼睛很凶的男人，双手从腰里拔出一支手枪，其他人见了，也齐刷刷地拔出枪来。

晓星小声说："吓死宝宝了，这些劫匪还有枪！"

高大男人朝一个矮瘦年轻人说话，声音十分粗鲁："多来米，你肯定，今天大楼除了拍卖场里的十三名拍卖师和工作人员，八名护卫员，就没别的富四海公司的人了吗？"

那个叫多来米的矮瘦年轻人，点头说："老大，放心吧！我在这里工作四年了，还不知道吗？每当拍卖日，都不许员工回公司加班的，说是为拍品安全考虑。现在那十三个人应该都在拍卖场里，而八名护卫员，按惯例是六名在拍卖场，两名在楼下大堂。"

匪老大说："那好，大家听好，阿二去守电梯口，一发现电梯有人上来，便发出警告。另外不许放过任何一个

拍卖场里的人从电梯逃离；阿三去守后楼梯，不让人从楼梯逃出去；阿四阿五阿六阿七阿八随我来，冲入拍卖场，控制住里面的人。然后抓紧时间拿走拍卖品。记住，那幅《清明上河图》是最重要的，遇到紧急情况，宁愿其他拍品都不要，也别忘了拿这幅画。我们能不能发财，就靠它了。明白没有？"

"明白。"一帮劫匪应了一声，便跟着匪老大沿着走廊往拍卖场去了。

小岚打开门，看着那帮人拐了个弯，不见了，便回头叫晓晴晓星出来。

小岚说："马上报警！"

赵敏心细，之前怕他们在异国他乡出什么事，早打听了这里的报警电话号码，告诉了小岚。

小岚拿出手机刚要拨号，这时候却传来了人声："阿四，老大叫我跟你去洗手间看看，怕那里藏了人。就是我们进来的时候，那个窗口旁边的洗手间。"

接着是脚步声。

"不好了！劫匪要上洗手间查看！"这回不能躲进洗

手间了,但走廊里其他办公室又全都锁着。怎么办?

正在着急的时候,旁边一间办公室的门打开了,有个人朝他们招手,小声说:"快进来!"

小岚和晓晴晓星急忙走进那间办公室,那个人马上把门关上了。

三人定睛看看救他们的人,不禁又惊又喜,竟然是前几天在古董店见过的那个年轻爸爸——文先生。

而文先生也吓了一跳:"啊,怎么是你们!"

 姐姐保护你

这时候,门外的脚步声越来越近,想是两个匪徒向这边的洗手间走过来了。

文先生把小岚三人拉到离大门远些的地方,说:"你们怎么会在这儿?"

小岚一五一十,把他们来这里看拍卖,中途出来找洗手间,刚好见到劫匪潜入的事说了,又问道:"那你呢,又为什么会在这里?"

原来,文先生就是富四海公司的职员,也是今天负责

姐姐保护你

拍卖的十三名工作人员之一。本来他这时候应该是在拍卖现场的，但因为他要等一份传真文件传来，那是有关《清明上河图》真迹鉴别证明文件，所以一直在办公室等着。收到了传真来的文件之后，他便拉开门，准备把文件送去拍卖现场，但却发现门外有异样。他急忙退回办公室，细听外面情况，才知道是公司出了内鬼，那个多来米，竟带劫匪来打劫拍品。

　　文先生打算报警，但却发现手机没信号。这时又听到门口有几个孩子在说话，知道他们有危险，便出手相救。

　　"文叔叔，我们得马上报警！"小岚这时已经拿出手机拨号，"咦，没信号！"

　　"咦，我的手机也没信号！"晓晴吃惊地说。

　　晓星也喊了起来："怎么回事，我也没信号。"

　　"不用打了，我刚才已发现手机没信号了。"文先生说，"肯定是劫匪用什么仪器干扰了这附近的通信信号，他们早有预谋了。"

　　怎么办呢？电梯、后楼梯，都让他们的人给控制了，怎么通知楼下大堂的护卫员，怎么通知警方？

这时,听到拍卖场的方向有了动静,好像是撬门声,应该是劫匪要挟拍卖场里的人开门未遂,用暴力撬门了。

不能让劫匪得逞啊!尤其是那幅《清明上河图》,怎么可以落到他们手里!

文先生挠了挠头,说:"我想,我们可以去碰碰运气。"

"碰碰运气?"大家都看向文先生,不知他什么意思。

文先生说:"富四海大厦除了日常使用的载客电梯和载货电梯外,其实还有一部专用电梯。这部电梯是专门用来运送贵重拍品的,知道的人不多。"

小岚眼睛一亮:"那就是说,那个内鬼多来米是不知道这部电梯的,所以劫匪没有派人守着。"

文先生点点头:"对。"

晓星早急了:"那还等什么?我们赶快去坐专用电梯,下楼去呀!"

文先生摇摇头说:"那部电梯平日是上了锁的,没有钥匙,就开动不了。而有钥匙的就只有几个押运总监。"

"啊?!"大家空欢喜一场。

"不过,我们可以去碰碰运气。因为,偶尔有押运总监为了方便,运拍品来的时候,会不忙锁上电梯,免得拍卖结束后,把拍不出去的拍品运回保险库时,又要拿钥匙开锁……"

小岚说:"明白了,如果运气好的话,现在那部专用电梯会是开着的。对不对?"

"对!"文先生点点头。

晓星跳了起来:"那我们马上去碰碰运气!"

原来办公室是有后门的,文先生带着小岚三个人从后门走,免得被劫匪发觉。拐了个弯,就找到了那部专用电梯。文先生近前一看,就高兴地朝小岚他们做手势,说电梯是开着的。

"耶!"晓星小声喊。

小岚和晓晴也喜笑颜开。

大家都很快地进入电梯,文先生伸手去关门……

忽然,听到有个奶声奶气的快乐的声音,从拍卖场那边传了过来:"嘿,我来了!嘻嘻,叔叔,我是不是很聪明?我会坐电梯了,我是趁爸爸在打电话,自己从楼下坐

电梯上来的,不用人陪!"

声音很熟悉,小岚有一种不好的感觉,她急忙制止文先生:"等等!"

奶声奶气的声音又响了起来,但这时已经变了,带上了恐惧:"你们是谁,你们为什么抓我,坏人!坏人!"

啊,是小王子!

小岚几个人面面相觑,这回糟啦,小王子落到这些人手里了。这么小的孩子,肯定吓坏了。

"不许吵闹,再吵我打你!"有人恶狠狠地骂小王子。

"坏人,坏人,欺负小孩子的都是坏人!"小王子不屈服,大声哭起来了,边哭边喊,"我爸爸是国王,爸爸快上来了,他会救我的,会把你们抓起来的。"

又听到一个粗鲁声音在说话,正是那个被叫作老大的人:"他爸爸是国王?!快,阿七,快去通知守电梯的阿二,马上把电梯破坏了,不能让国王上来。他肯定带有护卫,要是人数比我们多,那就坏事了。我们得抓紧时间冲进拍卖场,拿了东西就走,阿一的直升机在天台等着我

们呢!"

他又骂道:"门撬开了没有,真是一帮笨蛋!"

一个委屈的声音说:"老大,没法撬开啊!这门锁太坚固了。"

那匪老大显然急了,竟然用小王子来威胁里面的人:"里面的人听着,我抓到你们的小王子了,马上开门,要不,我把他扔出窗外!"

小王子尖叫起来:"我怕怕,我怕怕,不要把我扔出去,摔下去会痛痛的。爸爸救我,姐姐救我!"

听到小王子凄惨的声音,小岚实在忍不住了,她对电梯里的人说:"不行,我要去帮小王子,不能让他一个人面对凶恶的劫匪。你们赶快下楼,把情况告诉国王,让他处理。"

"不行,你不能去!"晓晴晓星,还有文先生异口同声说。

文先生着急地说:"劫匪会连你一块儿抓住做人质的。"

小岚说:"抓就抓,不要紧,我正好陪着小王子,安

抚他。他还这么小,不能让他受伤害。"

晓晴晓星异口同声说:"那我去!"

小岚摇头:"别争了,你们去没用的。只有我能让小王子安心点。"

晓晴晓星没话讲了,的确小王子最喜欢小岚。他们只能担心地看着小岚。

"让国王赶快叫警察来。"小岚说完,一把挣脱晓晴抓住她的手,伸手按了关门键,又趁门未关上时走出了电梯。

这时小王子在狂叫狂哭,面对一群陌生的坏人,他彻底崩溃了:"坏人,放我走,我害怕我害怕!"

小岚朝他跑过去,喊道:"小旺,别害怕,我来了!"

小王子听到熟悉的声音,一看,大叫起来:"姐姐,姐姐快来,打坏人,打坏人!"

小岚跑过去搂住他,说:"小旺不害怕,姐姐来救你。"

劫匪马上把小岚围起来。那个匪老大走过来,用阴险的目光盯着小岚:"你是谁?"

姐姐保护你

小岚将计就计："我是公主，你们抓我吧！放了我弟弟。"

匪老大眯着眼睛打量小岚："你真是公主？"

小岚哼了一声说："你耳朵聋了，没听见刚才小王子叫我姐姐吗！"

匪老大奸笑道："欢迎你自投罗网啊，你弟弟我是不会放的，一个王子一个公主，我的筹码就更多了。如果警察来了，我也能用你俩来做人质，保护我们自己。"

他又对拍卖场里面的人说："听到没有，我已经抓到了你们的王子和公主，如果再不开门，我就真的把他们扔到楼下去了。"

小王子搂住小岚，把小脑瓜往她怀里钻："姐姐，那些坏人真的会把我们扔下去吗？"

小岚说："不会的，他们不敢。要是他们真敢，我就变魔术，变一只老虎出来，咬他们。"

小王子似乎有点害怕："变老虎？老虎会咬我吗？"

小岚说："不会的。我变一只不咬好人的老虎。"

小王子破涕为笑："好，姐姐等会儿就变只好老虎出

来,变一只不咬好人的老虎,专咬那些坏人。"

小岚说:"嗯。有姐姐在,小旺不用害怕。"

"嗯,不害怕!"小王子挺起了小胸脯,握紧了小拳头,瞪了那些劫匪一眼,自言自语地说,"叫老虎咬你们,咬你们屁股。"

拍卖场里的人也害怕劫匪真的伤害公主和王子,便朝外面喊话:"一切好商量,你们不要伤害两个孩子。"

那匪老大生怕时间拖得越长就越有危险,便不耐烦地说:"我数十声,你们不开门,我就扔人了!"

"一、二、三、四……"匪老大开始数数。

"呜呜呜——"突然楼下传来警笛声,劫匪们都呆住了,匪老大也住了嘴。

匪老大气得鼻孔冒烟:"岂有此理,是谁走漏了风声?!"

把匪徒打劫的消息带出去的,当然是文先生和晓晴晓星了。是他们把事情告诉了国王。

因为朱朱王国多年来治安很好,所以国王来参加拍卖只带了一名卫士兼司机。在富四海大厦门口下了车,司机

姐姐保护你

去泊车了,国王拉着小王子走进大堂,这时候手机响了,外交大臣有要事找国王。

国王正专心跟大臣通话,没提防小王子像只小老鼠一样,吱溜一下就溜进了电梯,自己上顶楼去了。国王想拉也拉不住。

等司机兼卫士停好车过来,国王也打完了电话,带着卫士便去坐电梯,没想到,电梯却不动了。

大堂的护卫员十分惶恐,一边安抚着愤怒的国王陛下,一边找维修工人来修理电梯。

正在这时,文先生带着晓晴晓星从专用电梯下来了。一见到国王,三个人都急着把事情告诉他:

"国王陛下,有十个劫匪在楼上打劫拍卖品……"

"国王伯伯,小岚姐姐和小王子被抓做人质了……"

"国王伯伯,小岚姐姐本来是可以跟我们一块儿下来的,但她怕小王子受伤害,主动现身,去保护小王子……"

国王拿着手机的手直发抖,五岁的儿子,毫无反抗能力的儿子,落到劫匪手里了,还不知道会怎么折磨他呢!

劫匪是没有人性的啊!

知道小岚为了保护他儿子,竟然以身犯险,国王不禁感动得眼含泪花。但又更揪心了,马先生夫妇只有一个女儿,她不能有事啊!

他果断地拿起电话,打去警察总局:"总警司先生,富四海大厦顶楼有十名劫匪,劫持两名人质,正妄图劫走重要拍品。我命令,你马上通知警察特别行动队,到富四海大厦集结!"

几分钟后,附近巡逻的警察便到了,再过几分钟,警察特别行动队也到了,富四海大厦被重重包围。

大队警察开始从楼梯或专用电梯直上顶楼……

 变只老虎咬劫匪

再说顶楼上,劫匪见到大批武装警察来到,都慌了。

阿四说:"老大,怎么办?拍卖场进不了,现在又惊动了警方,虽然电梯破坏了,但还有楼梯可以上啊!要是他们冲上来,阿三一个人顶不住的。我们赶快走吧,要不他们发现了直升机,那我们连逃都逃不了啦!"

"怕什么?"匪老大瞪了阿四一眼,说,"我们有两个挡箭牌呀!国王不敢硬来的。一点东西都没拿到就走,太亏了。既然拍卖场动不了,那我们就不要《清明上河

图》了。我们可以找国王要钱,现在他的女儿儿子都在我们手里,他敢不答应?我们就向国王要两亿。"

他拿出一个疑似卫星电话之类的手机,又凶神恶煞地对小岚和小王子说:"喂,告诉我,国王电话号码是多少!"

小王子被他的粗鲁声音吓了一跳,但见到小岚不怕,又挺了挺小胸膛:"你真没礼貌,我就不告诉你。"

"你……"匪老大气得吹胡子瞪眼睛。

小岚朝他翻了翻白眼,说:"连五岁小朋友都知道做人要讲礼貌,你做人真失败!"

匪老大接连被两个小孩子指责,差点气得昏倒。阿五在他耳边劝说:"夜长梦多,老大,要速战速决呀!"

匪老大只好放软声音:"小朋友,国王的电话多少呀?"

"好吧,告诉你,123456789。"小王子说。

国王接到匪老大电话时,大批警察正在往楼上冲。

匪老大气势汹汹地对国王说:"你是国王吧?你听着!现在你的儿女在我手里,他们有没命见你,就看你

接不接受我的要求了。"

国王一愣,自己女儿什么时候也去了拍卖场了?但又马上醒悟劫匪是把小岚当作他女儿了。他朝电话吼道:"你不能伤害我的孩子。整个大楼已经被包围了,你们的直升机也在我们监视之中,只要你们一上天台,我们就会开枪。赶快投降吧,我会从轻处理的!"

匪老大奸笑两声,说:"嘿嘿,你不敢的。不管你派来多少人,我也不怕。我死之前也要先打死你的儿女,让你再也见不着他们。"

国王气得说不出话来,的确,自己儿子的命,小岚的命,现在都捏在匪徒手里,即使警察到达顶楼,也不敢向劫匪开枪。他按捺下心里的怒火,说:"你有什么要求,快说!"

匪老大说:"第一,你给我两亿,转到我瑞士银行账号里。"

国王停了停,咬牙切齿地说:"好,没问题。"

"第二,让我们乘天台的直升机安全离开。"

国王想,让你离开没关系,只要你的飞机在我国境

内，我就有办法找到你。

国王说："好，都答应你。但你必须保证我儿女的安全，你们安全离开就放了他们。你让我儿子听电话，我要确定我的孩子没事。"

"好好好，你等着。"匪老大把电话递到小王子手里，说："跟你老子说两句。"

小王子高兴地接过电话，说："爸爸，我很好，我没事，姐姐保护我呢！姐姐说，如果那些坏人对我不好，她就变魔术变只大老虎出来，咬坏人的屁股。嘻嘻。"

国王一听，眼泪都快流出来了。当知道才五岁的儿子落到劫匪手里那一刻，他的心就像刀割一样痛，一直生活在幸福快乐中的五岁孩子，不知道会受到什么样的苦，不知道会吓成什么样子了。没想到，儿子不但没害怕，心境还挺好的。这都是小岚的功劳啊！

国王不知该怎样表达心里的感激，他颤抖着声音，对儿子说："好好听姐姐的话，你也要保护姐姐，知道吗？"

"知道！"小王子爽快地答应了。

国王说："小旺，把电话交给姐姐。"

小岚接过电话,喂了一声。国王哽咽了一下,说:"小岚,谢谢你!"

小岚没回应国王的话,她大声跟国王说:"先别转钱,让他们先把小旺放了。我一个人做人质。"

国王听了,焦急地说:"不,要放也是先放了你,本来你是可以跟晓星他们一起安全脱身的。"

"就这样定了,按我说的去做。见到小旺,你们才转钱。"小岚说完,又对匪老大说,"马上放了小旺,要不,休想拿到钱!"

"不能放,现在我说了算。"匪老大一手抢回卫星电话,大声说。

小岚声音比他更大,更强硬:"不放就不给钱。"

匪老大那些手下在一旁见了,心中着急,阿四小声劝道:"老大,就放了那小男孩吧!让他们赶快转钱给我们,我们来这一趟不就是为了钱吗?有公主做人质就行,国王也得顾忌他女儿啊!那小鬼碍手碍脚的,如果他哭闹起来,反而坏事。"

匪老大还没答话,就见阿二阿三惊慌失措地跑过来

了:"老大,不好了,有很多警察冲上来了!"

话音刚落,呼啦啦冲上来一大队人,用枪指着劫匪,带头的一名警官喊道:"你们被包围了,放下枪,马上投降!"

九名劫匪急忙举起枪,对准小岚和小王子,匪老大说:"站住,不许过来,过来我就打死他们俩!"

警官急忙喝住手下,又对匪老大说:"不许伤害他们!"

警匪之间对峙着。

匪老大按了卫星电话的免提按钮,大声说:"国王,赶快命令你的警察部队往后退!"

电话里传来国王的声音,悲愤又无奈:"楼上警察大队请注意,全部后退十米。"

"很好很好!"匪老大奸笑两声,说,"国王陛下,接下来,你要赶快兑现我的两个要求,收到钱,我就会离开,然后再放了你两个孩子。"

国王还没说话,小岚就抢着说:"千万不要转钱,必须先放了小旺。"

她又对匪老大说:"放人吧!"

"你你你,你这个死丫头,什么时候轮到你来指挥我!"匪老大扭着脖子不肯放人。

阿二到阿八都劝匪老大:

"老大,放人吧!"

"夜长梦多啊,等会儿国王改变主意,不肯放我们走,那我们就死定了。"

"老大,我不想没命啊!"

匪老大说:"好吧好吧,怕了你们了!就放了那小子,留下女孩。"

小岚马上把怀里的小王子放下来,说:"小旺,快去警察叔叔那里,警察叔叔会带你去找爸爸的。"

小王子看着小岚,说:"那姐姐你呢?你也跟我去找爸爸,这些人好凶哟!"

小岚摸摸小王子软软的头发,说:"姐姐不能走,姐姐还没给你报仇呢!我等会儿趁那些坏人不注意,就变魔术,变只大老虎咬他们。"

小王子捂着嘴笑了:"嘻嘻,对,咬他们屁股。"

小岚点点头,说:"小旺走吧,小旺再见!"

"姐姐再见,记得变老虎!"小旺高高兴兴地跟小岚挥手再见,然后跑向那些警察。

一名警官马上抱起他,下楼去了。其他警察虎视眈眈,盯着一众劫匪。

匪老大仍然用枪指着小岚,防止警察朝他们开枪。

过了一会儿,匪老大的电话响了,上面显示瑞士银行入账两亿的通知。

"钱到手了,我们走!"匪老大朝手下一挥手。

警察全都拿枪对着他们,很多人脸上都愤愤地,不甘心就这样放他们走。

这时匪老大的电话又响了,国王的声音响起:"钱给你们了,我也会放你们走,但是你们最好遵守诺言,安全离开就马上放了公主,否则,不管你们上天入地,我都会抓到你们,到时你们这辈子都别想有好日子过。"

警察们让开一条路,看着劫匪离去,都心有不甘。但又没办法,那些劫匪拿小岚做挡箭牌,只要一有风吹草动,劫匪就会对小岚开枪,到时小岚就很危险了。

匪老大有恃无恐，一行人押着小岚直接从楼梯走。匪老大还回头威胁警察："不许跟踪我们，要是发现有飞机跟踪，我们马上毙了人质。"

一众劫匪十分兴奋，钱到手了，人也能安全离开了，很快就可以去到安全的地方，享受那两亿元了。

谁知上到天台，却见到满头大汗的阿一正在机舱里东摸摸西摸摸，不知在干什么。一见匪老大，阿一就苦着脸说："飞机坏了，起飞不了。"

匪老大气得胡子直抖，骂了一声"废物"，想了想，就拨打国王电话，要他给准备一辆能坐十人以上的汽车。

于是一帮劫匪又一窝蜂地下了楼，坐上了一辆警方提供的中型巴士，一溜烟开走了。

阿五拿出个探测仪，在汽车里探来探去，结果发现在座位下有个跟踪器，阿五急忙取了下来，交给了匪老大。

匪老大贼眼瞧向车窗外，一扬手，把追踪器扔到了一辆送活猪的货车上。

匪老大哈哈大笑："想跟踪我们，休想！等下国王大人追踪到一车大肥猪的时候，一定气死了。"

变只老虎咬劫匪

"哈哈哈哈……"一帮劫匪狂笑着。

后来,他们又开始盘算着,怎么花那两亿元钱。

再说小岚一个人坐在车子后面,那帮劫匪正在美滋滋地做着当富翁的白日梦,听得小岚嘴角直抽抽。真是群大笨贼啊!国王十成没给他们转钱,现在科技这么发达,要弄个瑞士银行的到账短信出来糊弄他们,实在太容易了。

劫匪们得意忘形,早把人质忘了。小岚不动声色地,这边瞅瞅,那边看看,悄悄拉起一扇活动的车窗,双手一挣,身子一跃,然后轻轻地从车窗跳了出去。

落地时,载着劫匪的车子"呼"一声驶远了。

小岚看着那辆车,哼了一声。想逃,没那么容易,以为扔掉了警方的追踪器就能逃出法网吗?

刚才,她已经悄悄把一个小型追踪器放到了其中一个劫匪的口袋里。那是来到朱朱国后,爸爸给她带在身上的。爸爸担心他们几个孩子在异国他乡走失,便买了这个追踪器,要是他们迷了路,也能根据追踪器及时找到他们。

小岚拍了拍手上的灰尘,拦了一辆出租车,回朗豪酒店去了。

 ## 国王的礼物

再说坐着劫匪的车子离开后,警方便开始了紧张的追踪工作,百多辆车子在劫匪有可能经过或落脚的地段等候,随时准备保护人质及抓捕劫匪。

国王亲自坐在屏幕前,一边紧盯着中型巴士的去向,一边对警察局总警司说:"叫你的手下盯紧些。不能放走劫匪,更不能让小岚有任何损伤。一发现有危险,就动用所有力量,不惜一切代价救人!"

总警司回答:"是,国王陛下!"

跟踪目标继续前行,突然,目标停下来了,不动了。

国王的礼物

总警司用对讲机喊道:"各小队注意,目标停在绿河食品仓库门口,附近的队伍马上赶过去,大家可根据具体情况,采取行动。"

过了一会儿,传来第十三队的队长气急败坏的声音:"长官,不好了,我们上当了!劫匪把追踪器扔到了一辆运猪车上,目标跟丢了!"

"啊!"国王的脸色大变,他慌了,"小岚怎么办?这样小岚就太危险了!"

这时候,国王秘书进来,向国王禀报:"马先生马太太来了。"

国王更慌了,天哪,把人家女儿跟丢了,怎么交代?!

他赶紧起身,走出去见马仲元夫妇。

"小岚安全了没有?"马仲元第一句话就问。

晓星在电话恢复信号后,第一时间打了电话给他们俩,把事情经过说了。夫妇俩惊得面无血色,赶紧来找国王,询问女儿情况。

"对不起,狡猾的劫匪把我们放在车上的跟踪器扔到另一辆车上,结果我们跟踪错了目标,反而把真正目标跟

丢了。"

"啊!"赵敏惊叫一声,"那我女儿不是很危险!"

"对不起对不起!"国王十分愧疚,他想了想,命令身边秘书,"通知国防科学院,提前开启那台最新型号的卫星追踪器,务必最短时间内找到小岚小姐。"

马仲元说:"还有一个方法能找到她。她身上有一个追踪器……"

在技术人员的协助下,利用马仲元交给小岚的那个追踪器,很快追踪到了劫匪的车子,而很巧的是,车子当时正缓缓地在新月码头停了下来。

总警司命令:"盯好目标,有适当时机便救人质,抓劫匪。"

大家都焦急地等着小岚的消息。

"报告!"对讲机响了,第二队的队长报告,"十名劫匪想从新月码头坐船逃走,我们等他们全部下车后,已迅速将他们抓捕。但是,我们搜查了车子,没发现小岚小姐。"

"啊!"所有人都惊呆了。

国王的礼物

小岚去哪儿了?

国王秘书冲了进来,喊道:"找到了找到了,卫星追踪器找到小岚小姐了!影像已经转发过来,快看屏幕!"

大家惊喜地朝屏幕看去,只见屏幕由模糊变清晰,可以看见,一个漂亮的女孩子笑容满面,朝前面什么人招手。

"是小岚,小岚没事!她站在朗豪酒店门口!"赵敏喊了起来。

接着一个小不点男孩子冲进镜头,一把搂住小岚,边哭边喊着什么,看口型像是在喊"姐姐,姐姐……"

然后又有一个女孩走进镜头,她朝小岚深深地鞠了个躬。

国王喃喃说着:"我女儿和儿子一直站在酒店门口,等小岚回来。拉希丫头总算有点人情味了,我还从来没见过她给别人道谢呢!"

第二天,中国代表团要乘飞机回国了,朱朱国国王带着他的一双儿女到机场相送。小王子拉着小岚的手求抱抱,做最后努力央求小岚姐姐跟自己回家住;拉希也拉

着小岚,交换电话号码、电子邮箱地址,还有加微信朋友圈。

国王笑眯眯地走了过来,从秘书手里拿过一个长长的硬纸筒,交到小岚手里:"小岚,这是我送给你的一份礼物,不过要等上了飞机才能打开看哟。"

"哇,好神秘啊!是不是打开会有一条蛇爬出来,吓人一跳的?"晓星嬉皮笑脸地说。

晓晴打了他一下:"多嘴,你以为人人都像你这么爱恶作剧呀!"

小岚双手接过纸筒,说:"谢谢国王伯伯的礼物,相信一定是我喜欢的。"

国王笑着点点头。

这时他们乘坐的飞机驶进了停机坪,晓星的智力题模式又开启了,他拉着国王,问道:"国王伯伯,给一道智力题您猜。一个人从飞机上掉下来,为什么没摔死呢?"

"臭小孩儿,临上机讲这么不吉利的话!"晓晴生气地追打晓星。

晓星一边跑,一边还忘不了回头告诉国王:"伯伯,

国王的礼物

答案是因为飞机还没起飞。"

半小时后,飞机飞上了蓝天,而地面上的人们仍在朝空中挥手,挥手……

"小岚姐姐,快看看国王伯伯送的是什么礼物?"晓星对国王送给小岚的礼物很好奇。

"你替我打开看看。"小岚把长纸筒递给晓星。

晓星小心翼翼地把纸筒的盖子拔起,见到是一卷什么东西:"咦,小岚姐姐快来看。"

小岚接过纸筒,把那卷东西拿了出来,在茶几上慢慢展开,她马上惊叫起来:"爸爸,妈妈,快来看,是《清明上河图》!"

马仲元和赵敏听到小岚喊叫,赶紧走过来。赵敏一看就说:"天哪,这不是我们之前鉴定过的那幅《清明上河图》吗?"

小岚说:"咦,还夹了一张纸。"

小岚拿起夹在画里的那张纸,原来是朱朱大旺国王给小岚的一封信:

小岚:

谢谢你不顾自己安危,保护我儿子。你的善良和勇敢感动了我,无以为报,特买下《清明上河图》送给你,算是为你的祖国尽了一份绵薄之力,让国宝回家。

朱朱大旺

看完国王的信,大家都为国王的厚赠而激动。

小岚对马仲元说:"爸爸,我决定把这幅画转赠香江博物馆收藏。"

马仲元欣慰地点点头:"小岚,好孩子,我代表香江博物馆谢谢你!"